가족, 미션 임파서블

가족, 미션 임파서블

펴 낸 날   2026년 4월 10일

지 은 이   김병수
펴 낸 이   이기성
기획편집   이서은, 최인용, 권희연
표지디자인 이서은
책임마케팅 이수영, 김정훈
펴 낸 곳   도서출판 생각나눔
출판등록   제 2018-000288호
주   소   경기도 고양시 덕양구 청초로 66, 덕은리버워크 B동 1708호, 1709호
전   화   02-325-5100
팩   스   02-325-5101
홈페이지   www.생각나눔.kr
이 메 일   bookmain@think-book.com

• 책값은 표지 뒷면에 표기되어 있습니다.
 ISBN 979-11-7643-000-5(03810)

가족,
미션 임파서블

김병수

생각나눔

왜 우리는 **가장** 가까운 사람에게 **가장** 서툴까?

사랑이 식어서가 아니라, 말이 엇갈려서 멀어지는 부부들을 위해…

부부 관계는 아이에게 가장 먼저 보이는 관계 교육입니다.

가족 관계 향상을 돕기 위한 지침서.

당신은 **가**족을 위해 **달라지고 싶은가요?**

CONTENT

관 계

한 소년이 엄마 품에 안겨 울먹이며 말한다.
"엄마, 산이 날 보고 자꾸 바보라 그래요."
이야기를 들은 엄마가 묻는다.
"네가 산에게 뭐라고 했는데?"
아이가 대답했다.
"야, 이 바보야!"
엄마는 잠시 아이를 바라보다가 웃으며 말했다.
"그럼 내일은 산에 가서 이렇게 말해보렴.
'야, 이 천재야!'라고."
그러자 정말로,
산은 아이에게 이렇게 대답해 주었다.
"야, 이 천재야."

언젠가 고등학생이던 아들에게 불쑥 질문을 던진 적이 있다.

직장에서 이른바 MZ세대라 불리는 젊은 직원과의 일로 마음이 상한 날이었다.

"엄마 말이 무슨 뜻인지 알겠니? 내가 너무 예민한 걸까?

너한테는 내가 꼰대처럼 보이니?"

잠시 생각하던 아들이 이렇게 말했다.

"엄마, 나 엄마랑 제일 닮았잖아. MBTI도 같고.

그래서 엄마 마음이 어떤지 잘 알아. 충분히 속상할 수 있어."

그 한마디가 얼마나 큰 위로가 되었는지 모른다.

닮은 듯 다르고, 다른 듯 닮은 존재.

그러나 결국 서로를 가장 깊이 이해해 주는 관계,

그것이 가족이라는 생각이 들었다.

가족은 서로를 너무 잘 아는 사람들이다.

그래서 가장 큰 힘이 되기도 하지만,

동시에 가장 쉽게 상처를 주는 관계이기도 하다.

서로의 약점도, 화가 나는 지점도, 부족한 모습도 너무 잘 알기 때문이다.

하지만 '안다'는 것과 '사랑한다'는 것은 전혀 다른 문제다.

알고 있다고 해서 자동으로 이해하게 되는 것도,

사랑할 수 있게 되는 것도 아니다.

오늘날 가족은 더 이상 '당연히 유지되는 울타리'가 아니다.

높아진 이혼율, 반복되는 부부 갈등,

부모와 자녀 사이의 단절은

가족이라는 관계가 얼마나 섬세하고 어려운 과제인지를 보여준다.

그럼에도 우리는 여전히 그 안에서

안전함을, 회복을, 행복을 찾고 싶어 한다.

이 책은 바로 그 마음에서 출발했다.

방송과 현장에서 만난 수많은 가족들의 이야기를 통해

누구나 공감하고, 일상에서 바로 적용할 수 있는

‘현장형 가족관계 안내서’를 만들고 싶었다.

이론보다 마음에 닿는 말을,

정답보다 관계를 회복하는 질문을 담고자 했다.

현장의 목소리 속에서 발견한 작은 변화의 순간들,

그리고 관계가 다시 숨 쉬기 시작하는 지점을

전하고 싶었다.

이 책이 독자에게

‘가족이란 무엇인가’를 다시 생각해 보는 계기가 되어, 어떻게 달라

져야 하는지를 이해하기 바란다.

가족이기 전에 한 사람으로서

서로를 인정하고 존중하며,

그 안에서 관계를 다시 세워 나갈 수 있기를 진심으로 바란다.

제1부
부 부

서로에게 낯선 타인 : 이해

부부, 서로에게 낯선 타인 : 이해

자녀의 문제를 이유로 상담실을 찾은 부모들과 이야기를 나누다 보면, 상당수 가정에서 이미 부부관계에도 '빨간불'이 켜져 있음을 확인하게 된다. 반대로 부부관계의 어려움을 호소하며 방문한 가정을 면밀히 살펴보면, 자녀에게서도 정서적·행동적 역기능이 함께 나타나는 경우가 적지 않다. 이는 가족이라는 하나의 큰 시스템이 각 구성원의 관계 속에서 톱니바퀴처럼 긴밀히 맞물려 작동하고 있음을 보여준다.

1 행복한 결혼, 올바른 선택이었을까?

"모든 여자는 두 남자와 결혼한다. 하나는 실제로 결혼한 남자이고, 다른 하나는 자신이 결혼했다고 믿는 남자이다."

– Jay Leno –

우리 부부는 정말 맞지 않는다고 느끼는가, 아니면 이 정도면 그래도 잘 맞는 편이라고 생각하는가. 처음 그 사람을 만났을 때의 감정과 지금의 마음은 얼마나 닮아 있는지, 잠시 돌아볼 필요가 있다. 텔레비전 프로그램에서 부부가 등장하면 빠지지 않고 던지는 질문이 있다. "다음 생에도 이 사람과 결혼하고 싶은가?" 이 질문에 선뜻 답할 수 있는 사람은 얼마나 될까.

언젠가 또래 여성 지인들과 나눈 대화가 떠오른다. 결혼 초, 남편의 목소리와 외모가 인기 배우 한석규를 닮았다고 느꼈다는 이야기에 주변의 즉각적인 반론이 이어졌다. "어디가 한석규냐, 콩깍지가 제대로 씌었다”는 핀잔 속에서, 또 다른 이는 자기 남편이 오히려 이문세를 닮지 않았느냐고 되묻는다. 각자의 남편이 왕년의 유명인과 닮았다는 이야기에 모두 웃음을 터뜨리며, '그래, 이런 착각으로 결혼생활을 이어오는 거지' 하고 고개를 끄덕였던 기억이 있다.

이를 흔히 '러브 칵테일 효과'라고 부른다. 결혼 전에는 배우자의 실제 모습보다 내가 보고 싶은 모습이 더 크게 보인다. 이 콩깍지는 결혼 후 약 900일이 지나면 자연스럽게 벗겨진다고들 한다. 만약 이런 효과가 전혀 없다면, 남녀가 사랑에 빠지고 결혼에 이르기는 더욱 어려울 것이다.

문제는 '후광효과'다. 한 사람에 대해 긍정적 혹은 부정적인 인상을 형성하면, 그 평가가 다른 영역까지 확대되는 경향을 말한다. 호감을 느끼는 사람에게는 성격도 좋고, 판단력도 뛰어날 것이라 관대하게 평가한다. 반대로 한 가지 부정적 단서를 포착하면, 사실 확인 이전에 모든 것을 부정적으로 해석해 버린다. 외모만으로 게으르다거나, 마른 몸매라는 이유로 까칠하다고 단정하는 것이 대표적인 예다.

2 배우자 선택 전, 반드시 점검해야 할 것들

행복한 결혼생활을 위해 무엇을 고려해야 할까. 사랑과 신뢰라는 기본 조건을 전제로, 최소한 다음의 점검은 필요하다.

첫째, 자기 점검이다. 자신의 인생관, 결혼관, 자녀관, 기본적인 가치관을 스스로 명확히 이해해야 한다. 상대와 조화를 이루기 위해서는 먼저 자신을 알아야 한다. 성장 과정 속에서 형성된 콤플렉스는 무엇인지, 부모로부터 어떤 양육 방식을 경험했는지를 돌아보는 작업이 필요하다. 고쳐야 할 것은 고치고, 치유가 필요한 부분은 치유 받아야 비로소 건강한 관계를 맺을 수 있다.

둘째, '결혼하면 변할 것'이라는 기대를 버려야 한다. 주사, 도박, 폭력과 학대, 심각한 낭비벽, 병적인 의심과 외도, 감정 조절의 어려움 등 결혼 전부터 분명히 드러난 문제는 결혼 후에도 그대로 이어질 가능성이 크다. 상대를 변화시킬 수 있다는 생각으로 결혼을 결정하는 것은 매우 위험하다. 결혼 이후에는 변화시키려는 시도보다, 서로가 감당 가능한 범위 안에서 적응하려는 노력이 더 중요하다.

셋째, 배우자의 부모를 살펴볼 필요가 있다. 특히 배우자와 동성인 부모의 성향은 중요한 단서가 된다. 갈등 상황에서의 문제 해결 방식과 부부 역할에 대한 인식은 동성 부모를 통해 학습되는 경우가 많다. 장모를 통해 아내의 부부 역할을, 시아버지를 통해 남편의 생활 태도와 관계 방식을 어느 정도는 예측해 볼 수 있다.

3 닮은 사람과의 결혼, 다른 사람과의 결혼

사람들은 대체로 자신과 비슷한 사람에게서 편안함을 느끼거나, 자신과 다른 점에서 매력을 느껴 관계를 시작한다. 취미, 식성, 가치관이 비슷하다는 말은 상대에게 호감을 표현하는 대표적인 방식이다.

학력, 직업, 종교, 생활 수준 등 다양한 영역에서 유사한 조건을 가진 사람을 선택하는 경향 역시 흔하다. 함께 살아가며 점점 닮아간다는 말처럼, 부부의 외모마저 비슷해진다는 이야기도 이러한 맥락에서 이해할 수 있다.

반면, 서로 다른 점에 끌려 결혼한 경우에는 더 많은 노력이 요구된다. 꼼꼼한 사람과 덜 세심한 사람, 결단력 있는 사람과 신중한 사람의 조합은 처음에는 '보완'처럼 느껴지지만, 시간이 지나면 갈등의 원천이 되기도 한다. 상담 현장에서 보면, 성격과 취향의 차이가 클수록 다툼의 빈도 역시 높아지는 경우가 많다.

자신에게 없는 특성을 상대가 가지고 있다는 이유로 강한 끌림을 느낄 때에는 특히 주의가 필요하다. 사랑에 빠지면 객관적 판단이 흐려지기 쉽기 때문이다. '카리스마 있고 터프한 남성'은 시간이 지나 폭력적이고 독단적인 모습으로 보일 수 있고, '조용하고 분위기 있는 여성'은 우울과 무기력으로 인식될 수 있다. 이럴 때일수록 주변 사람들의 평가와 조언에 귀 기울일 필요가 있다.

4 결혼을 유지하는 힘, 갈등 해결 방식

어떤 배우자가 좋은 배우자인가라는 질문에 단정적인 답은 없다. 다만 반드시 살펴봐야 할 영역은 있다. 바로 갈등과 분노 상황에서 이를 어떻게 다루는가이다. 갈등 해결 방식이 유사할수록 안정감을 느끼는 부부도 있고, 서로 다른 방식이 오히려 균형을 이루는 경우도 있다. 중요한 것은 갈등을 회피하지 않고, 각자의 방식이 관계를 얼마나 건강하게 유지 시키는지 점검하는 일이다.

5 다시, 나의 결혼을 돌아보다

지금 나의 결혼은 어떠한가. 시작부터 잘못되었다는 생각이 드는가, 후회가 앞서는가. 콩깍지가 벗겨지고 나니 실망만 남았는가. 그렇다면 시선을 바꿔, 배우자의 입장에서 나를 떠올려 보자. 나는 어떤 배우자였을까. 무엇이 좋아서 나와 결혼을 선택했을까.

기적이 일어났다고 가정하고, 배우자가 기대했던 '결혼 전의 나'로 일주일만 살아보면 어떨까. 연기자처럼 행동하고 말해보는 것이다. 그 작은 변화가 배우자의 어떤 반응을 이끌어 내는지 관찰해 보자.

결국, 결혼의 만족도를 높이는 가장 현실적인 방법은 결혼에 대한 기대치를 낮추는 데서 출발한다. 기대를 낮추되, 존중과 책임은 낮추지 않는 것. 그 균형 속에서 부부는 비로소 '낯선 타인'에서 '함께 살아갈 동반자'로 조금씩 이동해 간다.

2

통계로 알아보는 결혼과 가족

"서로의 잔을 채워주되 한쪽의 잔만을 마시지 말라. 서로의 빵을 주되 한쪽의 빵만을 먹지 말라." — 칼릴 지브란, 『결혼에 대하여』

주말에 집에서 쉬고 있을 때였다. 휴대전화 메신저 알림이 울렸고, 습관처럼 화면을 열어 보니 익숙한 직원의 결혼 소식을 알리는 모바일 청첩장이 도착해 있었다. 음악과 함께 펼쳐지는 카드, 화면 가득 담긴 신랑과 신부의 사진을 보며 문득 이런 생각이 들었다. '세상이 참 많이 변했구나.'

예전에는 인쇄소에서 청첩장 디자인을 고르고, 발송 부수를 정해 주소를 하나하나 적어 우편으로 보냈다. 그 시절 이야기를 꺼냈더니 딸은 "완전 옛날 얘기 아니에요?"라며 웃는다. 변화는 청첩장만의 문제가 아니다. 결혼을 둘러싼 인식과 선택 자체가 빠르게 달라지고 있다.

결혼 연령은 해마다 늦어지고, 혼인은 더 넓은 연령대에서 분산되어 이루어진다. 아예 결혼을 하지 않겠다는 비혼을 선택하는 사람들도 꾸준히 증가하고 있다. 통계청이 발표한 2023년 혼인·이혼 통계에 따르면, 혼인 건수는 전년 대비 소폭 증가했지만 인구 천 명당 혼인 건수를 의미하는 조혼인율은 여전히 최저 수준을 유지하고 있다. 숫자는 '증가'와 '감소'라는 상반된 메시지를 동시에 전한다.

이러한 통계를 바탕으로 한국리서치가 조사한 결혼 인식 연구는 더욱 흥미롭다. 저출생 문제를 어떻게 인식하는지를 묻는 질문에, 응답 연령이 낮을수록 '문제이긴 하지만 심각하지는 않다'고 답한 비율이 높았다. 특히 40대 이하 여성의 경우, 혼인 감소를 심각한 사회문제로 인식하는 비율이 절반에도 미치지 않았다.

혼인 감소의 이유로는 결혼 비용 증가와 출산·육아에 대한 심리적 부담이 가장 많이 꼽혔다. 주목할 점은 같은 연령대에서도 여성들이 남성보다 출산과 양육에 대한 부담을 더 크게 인식하고 있다는 사실이다. 이러한 현실 속에서 "결혼은 반드시 해야 하는가"라는 질문에, '결혼은 필수'라고 답한 비율은 절반을 넘지 못했다. '해도 되고 하지 않아도 된다'는 응답이 통계 조사 이래 처음으로 더 높게 나타났다.

연령과 성별에 따른 인식 차이도 분명하다. 40대 이하에서는 결혼을 '선택'으로 보는 인식이 우세하고, 특히 30대 여성의 경우 결혼이 필수가 아니라는 인식이 더욱 강하다. 반면 4·50대 남성의 과반은 여전히 결혼을 필수로 여기지만, 같은 연령대 여성들 사이에서는 선택이라는 인식이 압도적이다.

결혼의 행복에 대한 인식 역시 엇갈린다. '결혼한 사람이 결혼하지 않은 사람보다 행복하다'는 의견에 동의한 비율과 동의하지 않은 비율은 거의 비슷하게 나타났다. 흥미로운 점은 연령이 높고 결혼생활의 시간이 길수록, 결혼의 행복에 동의하는 경향이 상대적으로 높다는 사실이다. 이 결과를 보며 많은 이들이 조심스럽게 말한다. "결혼이 꼭 불행한 선택만은 아닌 것 같다"고.

또 하나 주목할 변화는 가족 형태에 대한 인식이다. 그동안의 통계청이 실시한 조사를 종합해 보면, 응답자의 다수는 혼인 여부와 관계없이 동거 가족을 수용할 수 있다고 답했고, 상당수는 결혼과 별개로 자녀를 갖는 것에도 긍정적인 태도를 보이고 있다. 특히 20·30대에서는 '수용'을 넘어 '지지'에 가까운 응답이 두드러졌다. 한국 사회에서 결혼과 가족을 바라보는 기준선이 이동하고 있음을 보여주는 대목이다.

그렇다면 당신의 생각은 어떠한가. 당신에게 결혼은 어떤 의미인가. '혼밥', '혼술'이라는 말이 낯설지 않은 시대다. 혼자 사는 삶은 더 이상 예외가 아니며, 오히려 하나의 안정된 선택지가 되었다. 치열한 경쟁과 빠른 변화 속에서 '우리'로 살아가는 데 필요한 에너지가 너무 크기 때문에, '혼자'의 삶이 휴식처럼 느껴지는 것은 아닐까.

결혼이 주는 기쁨과 만족은 저절로 주어지지 않는다. 많은 노력과 인내의 결과로 만들어진다. 그렇기에 비혼을 선택하는 사람들의 마음 역시 충분히 이해할 수 있다. 다만, 노력 끝에 얻어지는 관계의 기쁨이 있다면, 그 깊이 또한 결코 가볍지 않을 것이다.

3

숫자로 보는 결혼과 이혼

 **결혼, 다시 늘어났다는 소식 뒤에**

통계청이 발표한 「2024 혼인·이혼 통계」에 따르면, 2023년 혼인 건수는 22만2천 건으로 전년 대비 14.8% 증가했다. 혼인 건수가 20만 건을 다시 넘은 것은 2020년 이후 4년 만이다. 증가율만 놓고 보면 1970년 통계 작성 이후 가장 큰 폭이다. 통계청은 인구 구조 변화, 결혼 인식의 변화, 그리고 코로나19로 미뤄졌던 결혼의 재개가 복합적으로 작용한 결과라고 설명한다.

연령별로 보면 남녀 모두 30대 초반에서 혼인이 가장 크게 늘었고, 평균 초혼 연령은 남성 33.9세, 여성 31.6세로 나타났다. 10년 전과 비교하면 남성은 1.4세, 여성은 1.7세 늦어졌다. 결혼은 분명 늦어지고 있지만, 완전히 사라진 선택은 아니라는 점을 이 숫자들은 말해 준다. 국제결혼 역시 증가했다. 외국인과의 혼인은 2만1천 건으로 전년 대비 5.3% 늘었지만, 전체 혼인에서 차지하는 비중은 9.3%로 오히려 소폭 감소했다. 결혼의 형태는 계속 변하고 있고, 결혼이라는 제도는 더 이상 하나의 모습으로 설명되지 않는다.

결혼하지 않는 삶도 늘고 있다

결혼을 이야기할 때 '만혼'만큼이나 주목해야 할 지표가 있다. 바로 생애 미혼율이다. 생애 미혼율은 사별이나 이혼을 제외하고, 한 번도 결혼하지 않은 상태로 50세를 맞이한 사람의 비율을 말한다. 일본에서는 이 지표를 5년마다 조사해 발표한다. 2015년 일본의 생애 미혼율은 남성 23.3%, 여성 14.1%였는데, 2020년에는 남성 32.2%, 여성 24%로 크게 상승했다. 특히 여성 미혼율의 가파른 증가가 눈에 띈다.

우리나라는 아직 생애 미혼율을 직접 조사하지는 않지만, 연령별 미혼율을 토대로 추정해 보면 2010년 남성 5.8%, 여성 2.8%였던 수치가 2020년에는 남성 12~15%, 여성 5~7% 수준으로 올라갔다. 지난 20년간 남성의 증가 폭이 여성의 두 배 이상이라는 점도 특징적이다. 학자들은 이를 이렇게 해석한다. 여성은 경제적 자립 이후 결혼을 '선택'하는 경향이 강해진 반면, 남성은 구조적인 혼인 시장 변화 속에서 '기회를 잃는 경험'을 더 많이 한다는 것이다. 성 역할 기대의 변화, 결혼에 대한 가치관의 이동이 이 숫자들 속에 고스란히 담겨 있다.

이 지점에서 잠시 멈춰, 지금 내 곁에 있는 배우자를 떠올려 보자. 수많은 이유로 결혼을 미루거나 선택하지 않는 사람이 늘어나는 시대에, 어떤 인연으로 우리는 서로의 배우자가 되었을까. 통계는 차갑지만, 그 숫자 속에서 만난 한 사람은 결코 우연만은 아닐 것이다.

이혼은 줄었지만, 끝나지 않았다

이제 이혼 통계를 살펴보자. 2024년 이혼 건수는 9만 1,151건으로 전년 대비 1.3% 감소했다. 2020년 이후 5년 연속 하락세다. 특히 혼인 기간 4년 이하의 이혼은 1만 5,200건으로 전년보다 8.4% 줄었는데, 이는 2014년 이후 꾸준히 이어진 변화다. '쉽게 결혼하고 쉽게 이혼한다'는 말과는 다른 장면이 펼쳐지고 있는 셈이다.

그러나 다른 한쪽에서는 정반대의 흐름도 나타난다. 결혼생활 30년 이상을 유지하다 이혼하는 이른바 '황혼이혼'은 1만 5,100건으로 2.3% 증가했다. 평균 이혼 연령 역시 남성 50.4세, 여성 47.1세로 모두 높아졌다. 결혼의 위기는 초반이 아니라, 오히려 오랜 시간 함께 살아온 이후에 찾아오고 있는지도 모른다.

길어진 수명, 길어진 관계

여기에 기대수명을 함께 놓고 보면 이야기는 더 복잡해진다. 기대수명은 0세 출생자가 앞으로 살 것으로 예상되는 평균 생존 연수를 말한다. 2021년 기준 우리나라 기대수명은 남성 80.6세, 여성 86.6세다. 2021년에 태어난 여자아이는 평균적으로 86세 이상을 살 것으로 기대된다는 의미다.

세계보건기구는 2030년에 태어나는 여성의 기대수명이 90세를 넘을 것이라고 전망한다. 여성의 기대수명은 남성보다 평균 6년 정도 길다.

이 숫자는 부부의 삶에 매우 현실적인 질문을 던진다.

30대 초반에 결혼해 평균수명까지 산다고 가정하면, 아내는 남편 없이 살아가는 시간을 5~6년 정도 경험할 가능성이 크다. 40세에 결혼해 80세까지 산다면, 40년이라는 긴 결혼생활을 지속하는 셈이다. 그런데 20년 이상 결혼생활을 유지한 부부의 이혼 비율이 35%에 가깝다는 통계는, 지금 곁에 있는 배우자와 노년까지 함께할 것이 '당연하지 않다'는 사실을 조용히 말해 준다.

수명이 짧던 시절에는 '죽음이 우리를 갈라놓았다'는 말이 이별의 이유였다. 하지만 평균수명이 길어진 지금, 관계를 유지하기 위한 노력을 하지 않으면 살아 있는 동안 서로를 떠나보내야 하는 현실도 충분히 가능해졌다.

그래서 이 장의 끝에서 묻고 싶다. 우리는 배우자와 함께하는 삶을 위해 얼마나 의식적으로 노력하면서 살아가고 있을까. 동시에, 혹시 혼자가 되는 삶에 대해서는 아무런 준비도 하지 않은 채 미뤄 두고 있지는 않을까. 지금부터라도 혼자서도 건강하고 의미 있게 살아갈 수 있는 삶을 설계하는 것, 그리고 지금의 관계를 더 성실히 돌보는 일. 이 두 가지를 함께 준비하는 것이 긴 인생을 살아가는 지혜가 아닐까.

4

당신은 사랑이
무엇이라고 생각하십니까?

대학교 2학년 때의 일이다. 맹장염을 배탈로 알고 약만 먹고 참고 지내다 결국 맹장이 터져 대학병원 응급실로 실려 갔고, 수술 후 병실에 입원하게 되었다. 당시에는 복막염 수술 후 배에 관을 꽂은 채 옆으로 누워 있어야 했다. 같은 병실에는 말기 암 환자가 있었다. 그 시절에는 암 병동이 따로 마련되지 않아 외과 환자들과 함께 병실을 사용했다.

그 환자의 남편은 아내의 몸을 쉬지 않고 주물러 주고 닦아 주며 헌신적으로 간호했다. 그런데 아내는 아주 작은 목소리로 "아파요, 제발 그만해요"라고 반복해서 말하고 있었다. 남편은 "이래야 혈액순환이 돼"라며 손길을 멈추지 않았다. 나는 옆으로 누운 채, 생을 마감해 가는 한 사람의 미약한 목소리를 듣고 있어야 했다.

우리는 사랑을 경험하고, 함께하고 싶은 마음이 커질 때 결혼을 선택한다. 사랑은 결혼의 가장 강력한 동기다. 인생에서 가장 행복했던 시기를 묻는 질문에, 많은 사람들이 '누군가를 사랑하던 때'를 떠올리는 것도 그 때문이다. 그렇다면 우리는 사랑을 무엇이라고 정의할 수 있을까. 이 질문에 대한 답은 사람마다 다르다. 누군가에게 사랑은 기쁨이고, 누군가에게는 책임이며, 또 누군가에게는 슬픔일 수도 있다. 건강하고 지속 가능한 부부 관계를 위해, 우리는 사랑을 조금 더 구조적으로 이해할 필요가 있다.

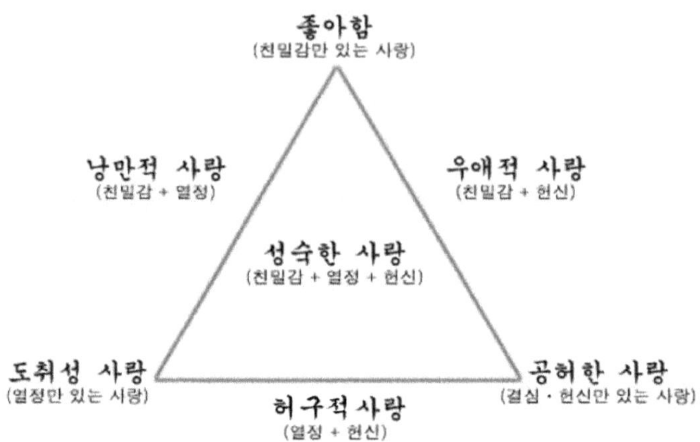

미국 예일대학교의 심리학자 스턴버그는 사랑을 세 가지 요소로 이루어진 삼각형으로 설명했다. 첫째는 친밀감이다. 함께 시간을 보내며 쌓이는 정서적 유대, 좋아하는 마음이다. 둘째는 열정이다. 서로에게 강하게 끌리고, 함께 있고 싶어 하는 사랑의 뜨거운 측면이다. 셋째는 결심과 헌신이다. 사랑하겠다고 선택하고, 그 선택을 행동으로 지속하는 의지다. 특히 이 헌신의 요소는 결혼 이후 오랜 시간 관계를 유지하게 하는 핵심이다.

이 세 요소의 비율에 따라 사랑의 모습은 달라진다. 친밀감과 열정은 크지만 헌신이 약한 낭만적 사랑도 있고, 열정만 강한 도취성 사랑도 있다. 세 요소가 균형을 이루고 충분히 발달한 상태를 스턴버그는 '성숙한 사랑'이라고 불렀다.

사랑도 영양과 비슷하다. 특정 성분만으로는 건강을 유지할 수 없듯, 사랑 역시 어느 한 요소에만 치우치면 오래 지속되기 어렵다. 중요한 것은 지금의 사랑이 완벽하냐가 아니라, 서로가 부족한 부분을 인식하고 성숙한 사랑을 향해 나아가려는 노력이다.

한 우화를 소개하고 싶다. 소와 호랑이가 서로 사랑해 결혼을 했다. 호랑이는 사랑하는 소를 위해 살이 연한 고기를 가져다주었고, 소는 향기로운 풀을 뜯어다 주었다. 하지만 호랑이는 풀을 먹을 수 없었고, 소 역시 고기를 먹지 못했다. 서로를 사랑했지만, 결국 둘은 불행해졌다.

우리는 사랑하면 상대도 나와 같을 것이라 기대한다. 그리고 사랑한다면 나와 같아야 한다고 주장한다. 그러나 상대가 무엇을 원하는지 알고자 나는 얼마나 노력했는지 스스로에게 묻지 않는다.

사랑은 내가 원하는 것을 주는 일이 아니라, 상대가 원하는 것을 이해하고 해 주려는 노력에 가깝다. 그러기 위해서는 먼저 알아야 한다. 상대는 어떤 사람인지, 무엇을 원하고 무엇을 힘들어하는지 이해하려는 그 노력 자체가, 사랑인 것이다.

5

결혼과 졸혼

<h2>1   중년 이후 졸혼이라는 선택</h2>

중년 이후의 삶에서 별거와는 다른 방식으로 '졸혼(卒婚)'을 선택하는 사람들이 점차 늘고 있다. 얼마 전, 결혼생활 40년이 넘은 한 노(老)부부의 이야기를 들은 적이 있다. 할아버지는 아내가 졸혼을 선언했다며 걱정이 태산 같다고 하셨다. 앞서 살펴본 결혼에 대한 회의적 태도의 성별 차이에서, 남성보다 여성에게 그 비율이 더 높게 나타난다는 조사 결과를 떠올리면 이러한 선택은 어느 정도 예견 가능한 일일지도 모른다. 실제로 졸혼에 대한 요구는 대체로 여성에게서 더 많이 나타난다.

그 할머니는 이미 일흔을 넘긴 고령이었고, 관절염과 노환으로 건강이 그닥 좋지 않은 상태였다. 그럼에도 불구하고 오랜 세월 동안 할아버지의 식사와 수발, 빨래와 집안 청소를 도맡아 해왔다. 이러한 삶의 궤적을 떠올리면, 할머니의 졸혼 선언은 충분히 이해할 만한 선택이었다.

<h2>2   졸혼의 개념과 오해</h2>

'졸혼'이라는 용어는 어느새 중·장년층 부부들 사이에서 낯설지 않은 개념이 되었다. 일흔이 넘은 남자 연예인이 방송에서 독립적인 졸혼 생활을 보여주던 장면을 기억하는 이들도 있을 것이다. 그러나 여전히 많은 사람들은 졸혼을 단순한 별거로 오해한다. 졸혼은 일본어 '소츠콘(卒婚)'에서 유래한 말로, 일본 작가 스기야마 유미코가 2004

년 『졸혼을 권함』에서 처음 사용하였다. 한자 그대로 풀이하면 '결혼을 졸업한다'는 의미로, 불화 끝에 혼인관계를 해소하는 이혼과는 분명히 다른 개념이다. 또한 정기적인 만남과 관계 유지를 전제로 한다는 점에서 별거와도 구별된다.

졸혼은 법적 혼인관계를 유지한 채, 서로의 삶을 존중하며 각자의 인생을 독립적으로 살아가는 방식이다. 경제적 협력은 계속 공유한다는 점에서 현실적인 선택이기도 하지만, 생활비가 이중으로 발생할 수 있다는 한계 역시 존재한다. 그럼에도 불구하고 누군가가 졸혼을 원한다는 사실은, 그 결혼생활이 당사자에게 얼마나 버겁고 부담스러웠는지를 보여주는 신호일 수 있다. 이는 배우자와 자신의 역할로부터 잠시 벗어나고 싶은 욕구의 표현이기도 하다.

3 돌봄의 불균형과 졸혼의 현실적 이유

앞서 소개한 노부부의 사례를 다시 떠올려 보면, 할머니의 졸혼은 '자기 삶을 즐기고 싶어서'라기보다는, 오랜 가사노동과 돌봄 부담에서 벗어나고자 하는 절박한 요청에 가까웠다. 더 정확히 말하면, 타인을 돌보는 역할만을 수행해온 할머니 자신에게도 돌봄이 필요해졌기 때문이다. 이유가 무엇이든, 어느 순간 배우자에게서 '벗어나고 싶은 존재'가 되었다는 사실은 생각만으로도 마음을 무겁게 한다.

 **4 남녀가 기대하는 결혼 - 다른 결혼생활**

한편, 대학생들에게 이상적인 배우자의 조건을 자유롭게 기술하도록 한 적이 있다. 흥미로운 점은, 연인으로서 중요하게 여기는 조건과 배우자로서의 조건이 분명히 다르다는 사실이었다. 배우자의 조건으로는 경제력, 유머 감각, 이해심과 배려심, 외모, 자신의 부족한 부분을 보완해 줄 수 있는 사람, 그리고 화목한 원가족 분위기 등이 제시되었다. 특히 남학생들의 응답 중에는 '좋은 엄마 역할을 할 수 있는 여성'을 이상적인 배우자로 꼽은 경우가 많았다. 반면 여학생들 가운데 '좋은 아빠 역할'을 기대 조건으로 명시한 사례는 거의 없었다.

이 결과는 남녀가 결혼과 결혼생활에 대해 서로 다른 기대를 품고 있음을 시사한다. 결국 그 남자의 결혼생활과 그 여자의 결혼생활은 동일할 수 없으며, 이 점에 대해 다수의 기혼자들 역시 공감할 것이다.

5 장수 사회와 성 역할 변화가 만든 결혼의 균열

현대사회는 빠르게 변화하고 있다. 고령화 사회로 접어들며 평균수명은 길어졌고, 배우자와 함께하는 결혼생활의 기간 또한 대폭 늘어났다. 저출생과 만혼 현상이 가속화되면서, 전통적인 생계부양자로서 남성의 가장 역할 역시 변화의 기로에 서 있다. 지금의 장년층 남성들은 가부장적 성 역할 아래에서 '돈을 버는 가장'이라는 도구적 역할을 중심으로 삶을 살아왔고, 직장에서의 인정과 경제적 성공, 일정 수준의 명예를 성공적인 삶의 기준으로 삼아왔을 가능성이 크다. 그리고 정년퇴직이라는 제도를 통해, 자의든 타의든 그 역할에서 물러날 수 있었다.

반면 가사노동과 돌봄, 양육의 책임을 주로 맡아온 여성들은 그렇지 못했다. 자녀 양육이 끝나갈 즈음에는 손자녀 돌봄과 부모 세대 부양이라는 또 다른 책임이 기다리고 있다. 그 과정에서 에너지는 소진되고, 신체적·정서적 한계를 경험하게 된다. 그리고 '나의 인생은 무엇이 있었는가'라는 질문과 마주하면서, 인생 후반부를 함께하고 싶은 배우자에게 졸혼을 요구하는 여성들이 늘어나는 것은 어쩌면 자연스러운 흐름일지도 모른다.

6 다양해지는 가족 형태와 결혼의 재구성

오늘날 결혼생활의 형태는 더욱 다양해지고 있다. 딩크족(맞벌이를 하며 자발적으로 무자녀를 선택한 가족), 혼밥족(혼자 식사를 해결하는 생활방식을 중심으로 한 가족 형태), 분거가족(직장·교육·생활 방식의 차이로 부부가 떨어져 사는 형태), 동거가족(혼인 신고 없이 함께 생활하는 형태) 등 선택 가능한 가족의 모습은 점점 확장되고 있다. 이는 기존의 일상과는 다른 방식으로, '나만의 삶의 스타일'을 찾고자 하는 욕구의 표현이다.

이러한 변화는 여성뿐 아니라 남성에게서도 나타난다. 가장으로서의 책임과 부모 역할이 과도한 부담으로 느껴지고, 오롯이 자신을 위한 편안하고 행복한 삶을 원하게 되는 것이다. 결혼이 희생과 인내만을 요구하는 제도가 아니라, 개인의 존엄과 행복을 해치지 않는 관계이기를 바라는 목소리가 커지고 있다. 앞으로의 결혼생활은 어느 한 개인의 희생 위에 다른 가족 구성원의 행복이 세워지는 방식이 아니기를 바란다. 다름을 이유로 비난하지 않고, 희생을 당연시하지 않는 관계이기를 기대한다.

7 존중과 수용 기반 결혼생활

이는 배우자 관계뿐 아니라 모든 인간관계에 적용되는 태도이기도 하다. 예컨대 느끼한 음식을 먹은 뒤, 왜 나처럼 매콤한 짬뽕을 먹지 않느냐고 타인을 비난하지 않는 것처럼 말이다. 우리는 이를 '다양성에 대한 존중'이라는 말로 표현하지만, 본질은 타인에 대한 존중과 배려, 그리고 수용이다. 결혼생활 역시 누군가와 함께 살아가기 위해서는, 상대를 오해하지 않고 있는 그대로 이해하고 존중하는 태도가 필요하다.

개인적으로 결혼의 시작부터 부부가 자율적인 삶을 존중해주고, 심리적으로 독립적인 서로의 삶을 공감해주는 삶을 살아가면 어떨지 생각해 본다. "서로의 빵을 주되 한쪽의 빵만을 먹지 말라"는 말처럼, 각자가 독립된 성숙한 인격체로 살아가는 관계 말이다. '돌봐준다', '신경 써주지 않는다'는 표현은 적어도 양육자가 아닌 배우자 관계에서는 재고해 볼 필요가 있지 않을까.

　마지막으로, 우리가 결혼에 대해 흔히 품는 잘못된 기대들을 살펴보자. 혹시 이러한 기대를 안고 결혼생활을 준비하고 있지는 않은지 스스로에게 질문해 보길 바란다. 만약 그렇다면, 언젠가 배우자로부터 졸혼을 요구받고, 자녀들에게조차 외면받는 상황에 놓일 수도 있다.

1. 결혼은 운명적인 사건이다?
- 결혼 역시 나의 선택이며 지속적인 노력이 필요한 관계이다.

2. 결혼은 나의 꿈을 현실화해 준다?
- 결혼생활은 때로 악몽이 되기도 한다는 사실을 기억하자.

3. 나의 파트너는 완전하며 사랑은 영원히 변하지 않는다?
- 상대에 대한 평가 이전에 나 자신에 대한 성찰이 먼저다.

4. 결혼하면 모든 문제가 해결된다?
- 문제는 두 배가 되지만 해결 자원 역시 두 배가 될 뿐이다.

5. 갈등은 불행의 증거다?
- 갈등은 오히려 상대의 욕구를 이해하고 관계를 성장시키는 계기가 될 수 있다.

6. 행복한 부부는 모든 것을 함께한다?
- '따로 또 같이'가 관계에 약이 될 때도 있다.

7. 행복한 결혼은 엇비슷하다?
- 결혼생활은 사람 수만큼 다양한 모습이 있다.

8. 부부는 항상 같은 생각을 해야 한다?
- 내 마음조차 시간에 따라 변한다.

9. 자녀가 생기면 부부관계가 좋아진다?
- 자녀는 종종 갈등의 주요 원인이 되기도 한다.

10. 결혼생활은 시간이 지나면 저절로 좋아진다?
- 노력 없는 관계는 없다.

11. 부부는 이기적이어서는 안 된다?
- 개인의 욕구를 억압하라는 강요는 관계를 병들게 한다.

12. 문제에는 반드시 책임자를 찾아야 한다?
- 시시비비를 가리는 비난보다 이해가 관계 회복에 도움이 된다.

13. 배우자는 항상 내 편이어야 한다?
- 나 자신조차 내 편이 아닐 때가 있다.

(출처: Dym & Glenn, 1993; Zinn & Eitzen, 1999, 일부 수정·보완)

6

대화보다 중요한 '공감'

 반복되는 하소연의 이면

"요즘 남편이 자꾸 회사를 그만두겠다는 말을 합니다. 회사생활이 힘들다는 이야기를 습관처럼 해요. 남편 나이는 이제 쉰을 막 넘겼고, 적은 나이도 아닙니다. 애들처럼 달래기도 쉽지 않아요. 직장을 그만두면 산에 들어가 자연인처럼 살고 싶다고 늘 이야기합니다."

우리가 어떤 문제나 근심에 깊이 사로잡히면, 그 상황을 객관적으로 바라보기가 쉽지 않다. 배우자가 반복적으로 "힘들다", "그만두고 싶다"라고 말할 때, 그 이면에는 해결책보다는 위로와 공감을 받고 싶은 마음이 자리하고 있는 경우가 많다. 마치 아이가 부모의 관심을 원할 때 같은 말을 되풀이하는 것과도 닮아 있다.

2 우리는 어떻게 반응하고 있는가?

배우자가 직장이 적성에 맞지 않는다거나, 상사 때문에 힘들다거나, 그만두고 싶다는 말을 계속할 때 우리는 어떠한 반응을 보이는가?

"힘들지? 그래도 조금만 참고 견뎌봐. 애들 학원비에 생활비까지 한 달에 나가는 돈이 얼만데…." 혹은 "왜 한 직장에서 진득하게 버티질 못해? 인내심이 없는 것 같아."

이러한 반응은 위로나 공감이라기보다는 충고와 평가에 가깝다. 만약 이런 방식으로 대응한다면, 배우자는 원하는 말을 들을 때까지 같은 하소연을 반복할 가능성이 크다.

"콩나물국 어때?, 좀 짠 거 같지 않아? 너무 맵게 끓였나?" 콩나물국이 맛있다고 말했는데도 불구하고 왜 자꾸 콩나물국에 대한 반응을 묻고 진짜 맛있다는 이야기를 계속하도록 강요받게 된다. 왜 그런 걸까?

가끔은 들어도 계속 더 듣고 싶을 때가 있다. 상대방에게 듣고 싶은 말을 들었지만 채워지지 않은 2%가 있기 때문이다.

 ## 3 위로가 위로가 되지 않을 때

아무리 부드러운 말투와 행동으로 위로하더라도, 상대방이 듣고 싶은 메시지가 전달되지 않으면 위로받았다고 느끼지 않는다. 그래서 위로를 건네기 전, '이 사람이 왜 이 말을 하는 걸까?'를 한 번 더 생각해 볼 필요가 있다. 특히 해결책을 제시하려는 태도는 조심해야 한다. 답을 몰라서 하소연하는 경우는 거의 없기 때문이다.

 ## 4 비교와 훈계의 함정

"나는 당신보다 더 힘들어." "나도 하루에도 수십 번씩 그만두고 싶어." "참고 견디다 보면 보람도 있어."

이런 말들은 격려처럼 들릴 수 있지만, 실제로는 상대의 고통을 축소하거나 평가하는 메시지가 되기 쉽다. 힘듦과 고통의 크기는 철저히

주관적인 것으로, 나의 경험을 기준으로 상대를 이해하겠다는 태도는 결코 위로가 되지 않는다.

5 공감이 주는 힘

그렇다면 어떤 위로가 도움이 될까. 답은 의외로 단순하다. 상대방이 그동안 보여준 노력과 태도를 있는 그대로 인정해 주는 것이다.

"당신처럼 지각 한 번 안 하고 그렇게 성실하게 회사 다니는 사람이 얼마나 된다고, 상사는 왜 그걸 모를까."
"가족을 위해 힘든 회사생활을 참고 견디고 있다는 걸 나는 알고 있어. 정말 고마워."

이처럼 구체적인 공감과 진심 어린 인정은, 문제를 해결하지 않아도 상대의 마음을 단단히 붙들어 준다.

7

자연인이 되고 싶어요

 ## '자연인'이라는 말이 불러오는 불안

요즘 '자연인' 관련 텔레비전 프로그램을 남편들이 즐겨 보는 모습을 두고, 은근 불안감을 느낀다는 아내들이 많다. 정년 이후 산속에 들어가 살고 싶다는 말을 진담처럼 꺼내는 남편들이 늘고 있기 때문이다.

 ## 쉼이 필요한 사람들

배우자의 성격이나 기질이 내향적인데, 대면 관계가 많은 서비스 직종에 종사하고 있다면 스트레스는 더욱 클 수밖에 없다. 이직이 가능하다면 좋겠지만, 현실적으로 어렵다면 스트레스를 관리할 방법을 찾는 것이 필요하다.

혼자 있는 시간이 필요하다면 낚시나 영화 감상, 혼자 차를 마시는 시간도 좋고, 자연을 좋아한다면 캠핑을 통해 에너지를 회복하는 것도 하나의 방법이다. 중요한 것은 '도망'이 아니라 '회복'이다.

 ## 자연인의 사전적 의미와 현실

사전에서 말하는 자연인이란 '사회나 문화에 속박되지 않고, 있는 그대로 살아가는 사람'이다. 방송에 등장하는 자연인들의 공통점은 비교적 분명하다. 대체로 중·장년 이후의 남성이 많고, 혼자서도 생활을 꾸려갈 수 있는 능력을 갖추고 있다.

그들은 식재료를 자급자족하며, 외로움과도 함께 살아간다. 프로그램 말미에서 자연인이 된 계기를 들여다보면, 큰 병이나 인간관계에서의 깊은 상처, 사회적 실패 경험 등이 등장한다.

4 누구나 자연인이 될 수는 없다.

자연인으로 살기 위해서는 무엇보다 스스로를 잘 돌볼 수 있어야 한다. 위생이나 문명적 편의를 중요하게 여기는 사람, 건강 관리에 자신이 없는 사람에게 자연인의 삶은 결코 낭만이 아니다.

얼마 전 한 사람은 TV와 스마트폰 중독 때문에 자연인의 꿈을 접었다며 웃음을 주기도 했다. 자연인의 삶은 누구에게나 열려 있는 선택지가 아니라, 철저한 자기 점검을 통과한 사람에게만 가능한 삶의 방식일지도 모른다.

5 자연인을 가능하게 하는 보이지 않는 사람들

방송에는 잘 드러나지 않지만, 자연인의 삶 뒤에는 반드시 누군가의 배려와 희생이 존재한다. 산에 집을 짓도록 허락해 준 땅 주인, 집을 떠난 남편을 대신해 가정을 책임지는 배우자, 아버지의 부재 속에서도 성장해야 하는 자녀들, 혹은 홀로 남겨진 부모와 형제들.

자연인은 홀로 사는 것처럼 보이지만, 사실은 사회적 지지체계 위에서만 가능한 삶이다.

　이런 현실적인 이유들로 우리는 여전히 '속 시끄러운 이곳'에서 살아간다. 자연인이 되지 못한 채, 자연인을 부러워하며 일상을 견디고 있다.

　그렇다면 이렇게 제안해 보고 싶다. 자연인이 되지 못한 우리끼리라도, 서로의 삶을 위로하고 공감하는 시간을 가져보는 것은 어떨까. 완전히 떠나지 못해도, 잠시 숨을 고를 수는 있으니까.

8

결혼하기 위한 조건

　오십을 바라보는 여성이다. 얼마 전 노모의 한마디가 마음을 깊이 눌렀다. "내가 너 때문에 눈을 못 감는다. 너 시집가는 걸 보고 죽어야 하는데…." 그 말은 설명보다 강했고, 위로보다 무거웠다. 가슴에 콱 박혀 쉽게 빠져나오지 않았다.

20대 후반, 처음 결혼을 생각했던 인연이 있었다. 그 무렵 남동생은 군 복무 중이었고, 어머니는 결혼이 너무 빠르다며 반대하셨다. 내가 결혼하면 어머니가 혼자 남게 되고, 복학을 앞둔 동생의 뒷바라지까지 도맡아야 한다는 이유였다. 결국 결혼은 미뤄졌고, 인연은 그 자리에서 끝이 났다.

30대 초반에 다시 인연이 찾아왔지만, 이번에는 동생이 아직 자리를 잡으려면 시간이 필요하다며 어머니를 조금만 더 부탁한다고 했다. 이후 동생은 타지에서 직장 생활을 시작하고 결혼해 아이를 낳았고, 어머니를 모시는 일은 자연스럽게 내 몫이 되었다.

(책임이 된 돌봄, 그리고 시선)

　어머니를 모시고 사는 삶을 어느 정도는 스스로 받아들였다. 그러나 그 선택이 온전히 자발적이었는지에 대해서는 생각이 복잡해진다. 어머니와 동생의 은근한 기대와 압박이 없었다고 말하기 어렵기 때문이다. 이제는 가족들조차 나를 부담스러워하는 듯하다. 마치 내가 부족해서 결혼하지 못했고, 그래서 가족에게 짐이 된 사람처럼 느껴진다. 노모를 두고 이 나이에 독립하기도 쉽지 않은 현실 속에서 마음은 점점 더 무거워진다.

1 달라진 결혼의 풍경

요즘 우리 사회에서는 결혼 적령기가 없다고 말한다. 실제로 결혼 연령은 꾸준히 늦어지고 있다. 20여 년 전만 해도 남녀 초혼 연령이 20대 중·후반이었지만, 최근에는 30대 초·중반으로 옮겨갔다. 의술의 발달로 신체적 건강의 시기는 길어졌고, 결혼과 출산을 반드시 함께 생각해야 한다는 공식도 느슨해졌다. 결혼은 더 이상 사회적 의무가 아니라 개인의 선택이라는 인식이 강해졌다. 그러나 안정적인 직장과 주거, 미래에 대한 최소한의 예측조차 쉽지 않은 현실에서 'N포 세대'라는 말은 공허한 수사가 아니라 일상의 설명이 되었다.

2 결혼의 '때'라는 말의 의미

결혼 적령기가 없다는 말이 곧 아무 때나 결혼해도 행복하다는 뜻은 아니다. 여기서 말하는 '때'는 나이가 아니라 준비의 문제다.

행복한 결혼생활을 위해 필요한 조건이 충족되지 않았다면, 차라리 하지 않는 선택도 존중받아야 한다. 그렇다면 그 조건은 무엇일까.

3 사랑만으로는 부족하다

서로 사랑해야 한다는 것은 가장 기본적인 조건이다. 그러나 놀랍게도 많은 사람이 이 질문을 깊이 고민하지 않는다.
결혼은 두 사람이 하나의 공동체를 이루는 일이다. 나는 어떤 희생과 변화를 기꺼이 받아들일 준비가 되어 있는가, 한 가정을 책임질 공동체 의식을 갖추고 있는가에 대한 자기 점검이 필요하다. 간혹 "아이를 갖고 싶어서 결혼하고 싶다"라는 말을 듣기도 한다. 결혼은 아이를 갖기 위한 수단이 아니다. 부모로서 사회의 구성원을 길러낼 준비가 되어 있는지, 최소한의 책임 의식과 현실 감각을 갖추고 있는지에 대한 점검이 선행되어야 한다.

결혼은 하는 것이 중요한 것이 아니라, 잘 사는 것이 중요하다.

 ## 4 각자의 조건, 각자의 판단

어떤 사람은 경제적 기반이 갖춰졌을 때를 결혼의 시기로 생각한다. 또 어떤 사람은 혼자 남을 부모에 대한 걱정이 해소되었을 때를 기다린다. 이것만 해결되면 결혼하겠다고 기준을 세우기도 한다. 정답은 없다. 그러나 중요한 것은 그 판단이 누구의 삶을 위한 결정인지다. 무엇보다 중요한 조건은 스스로 독립적인 인간으로 성장했는가이다. 경제적·심리적으로 자립이 가능하고, 원가족으로부터 정서적으로 분리되어 있을 때 결혼을 선택하는 것이 바람직하다.

바꿔 말하면, 결혼했다면 원가족으로부터 분리·독립해야 한다는 의미이기도 하다.

이 사례의 여성은 20대 후반에는 동생을 이유로, 30대 초반에는 어머니를 이유로 결혼을 포기했다. 지금은 노모의 부양을 걱정하며 결혼과 독립을 적극적으로 시도하지 못한 채 가족의 눈치를 보고 있다. 아마 오십이 가까워진 지금, 다시 인연이 찾아와도 '어머니를 두고 갈 수 없다'라는 고민 끝에 사랑하는 사람을 떠나보낼 가능성이 크다.

결국 결혼하지 못한 이유를 가족 탓으로만 돌릴 수 있을까. 사실은 스스로 선택한 결과일 수도 있다. 내가 정말로 독립할 만큼 성숙한 사고를 하고 있었는지, 의존적이지 않았는지 돌아볼 필요가 있다. 만약 그때 내가 원하는 결정을 했다면, 가족들의 삶은 정말로 무너졌을까. 우려했던 최악의 결과가 실제로 일어났을까. 그렇지 않았을 가능성도 충분하다.

6   두려움이라는 이름의 이유

혹시 결혼과 독립이 두려워서, 하지 말아야 할 이유를 스스로 만들어 온 것은 아닌지 점검해 볼 필요가 있다. '결혼하면 분명 이런 일이 생길 거야'라는 비합리적인 예측에 사로잡혀 있지는 않은지 스스로에게 물어야 한다.

준비되지 않은 채 결혼을 서두르는 것도 문제지만, 두려움 때문에 결혼하지 못할 이유를 찾고 있는 삶 역시 우려스럽다.

7 결혼은 누구의 삶인가?

결혼에 대한 결정은 주변 사람들의 말 때문에 내려져서도 안 되고, 그들의 말 때문에 포기할 일도 아니다. 그것은 결국 나 자신의 삶에 대한 선택이다. 주변을 돌아보면 준비되지 않은 상태에서 결혼을 서두르는 경우도 걱정스럽지만, 반대로 결혼에 대한 두려움 때문에 스스로 이유를 만들어 미루고 있는 사람들 역시 적지 않다. "아직은 때가 아니다", "지금 결혼하면 누군가가 힘들어진다"라는 말 속에는 책임감뿐 아니라 변화에 대한 불안이 함께 섞여 있을 수도 있다. 이쯤에서 스스로에게 조심스럽게 질문해 볼 필요가 있다.

내가 결혼을 미루는 이유는 정말로 가족을 위한 배려일까, 아니면 익숙한 역할과 관계를 떠나는 것이 두려워서일까. '내가 결혼하면 ○○한 일이 생길 거야'라는 생각은 실제로 확인된 사실일까, 아니면 아직 겪어보지 않은 상상일까.

결혼에 대한 결정은 주변 사람들의 기대 때문에 내려져서도 안 되지만, 그들의 말 때문에 포기해야 할 문제도 아니다. 결혼은 누군가를 위해 대신 살아주는 선택이 아니라, 내가 어떤 삶을 살고 싶은지에 대한 선택이기 때문이다.

결혼의 조건은 결국 나이도, 형편도 아닌 스스로 독립적인 인간으로 설 준비가 되었는지에 대한 질문에서 시작된다.

9

주부인 남편?
- 이상한 질문에서 시작하다 -

"결혼의 성공은 적당한 짝을 찾는 데 있는 것이 아니라 적당한 짝이 되는 것이다." – Tendwoods

결혼 5년 차인 아내 A 씨는 요즘 마음이 복잡하다. 같은 직장에서 만나 결혼한 남편은 결혼 후 새로운 일을 해보겠다며 직장을 그만두고 자영업을 시작했다.

그러나 결과는 실패였고, 지금은 집에서 가사와 육아를 전담하고 있다. 남편은 아침 식사를 준비하고, 아이들을 어린이집에 데려다주며, 세탁과 청소까지 능숙하게 해낸다. 집 안의 일만 놓고 보면 아내보다 훨씬 안정적이다.

1 편안함 뒤에 찾아온 불편한 감정

퇴근 후 A 씨는 남편과 함께 집안일과 아이 돌봄을 하려고 하지만, 하루의 피로가 쌓여 쉽지 않다. 자연스레 쉬고 싶은 마음이 앞선다. 어느 순간부터 아이들 역시 엄마보다 아빠와 시간을 보내는 것을 더 좋아하는 것처럼 느껴진다.

남편이 집 안에서 자리를 잡아갈수록 A 씨의 마음 한편은 답답해진다. 주변 사람들에게 설명하기도, 당당해지기도 어렵다. '집안일은 안 해도 좋으니, 취직해서 바깥일을 해 주면 좋겠다'라는 생각이 스스로에게서 튀어나오는 순간, A 씨는 다시 혼란스러워진다.

 **부부 역할은 고정되어 있는가?**

부부의 역할은 사회 변화와 함께 계속 달라져 왔다. 전통주의적 부부 역할에서는 남편은 생계를 책임지고, 아내는 가사와 돌봄을 담당한다. 역할 구분이 명확한 대신, 서로의 영역에는 관여하지 않는다.

신(新)전통주의적 부부 역할에서는 아내의 사회 진출이 늘었지만, 가사와 돌봄의 부담은 여전히 여성에게 집중되는 경우가 많다. 이때 아내는 일과 가정을 모두 책임지는 '원더우먼'이 된다.

반면 평등주의적 부부 역할은 역할을 고정하지 않는다. 맞벌이, 역할 공유, 혹은 상황에 따른 역할 전환도 포함된다. A 씨 부부는 이 중에서도 '역할 전환'에 해당하는 형태라 볼 수 있다.

역할 갈등은 왜 생길까?

부부 사이의 역할 갈등은 대개 누가 무엇을 하느냐보다, 역할에 대한 기대가 서로 다를 때 발생한다. 한쪽은 전통적인 성역할 인식을 유지하고 있는데, 다른 한쪽은 이미 다른 기준으로 살아가고 있을 때 갈등은 커진다.

현실에서는 남성보다 여성의 성역할 변화 속도가 더 빠른 경우가 많다. 서로 다른 기대를 안고 결혼생활을 이어가다 보면, '누가 더 많이 하느냐'보다 '이게 정상인가'라는 질문이 갈등의 불씨가 된다.

 ## 4 잘하는 사람이 맡는다는 기준

역할에 대한 고정관념을 내려놓고, 서로가 즐기거나 잘하는 일을 기준으로 일을 나누는 것이 부부관계에는 더 도움이 된다. 가능하다면 함께하는 영역을 늘리는 것도 중요하다.

남편이 전업으로 가사를 맡고 있더라도, 가정일은 특정 개인의 몫이 아니라 가족 전체의 책임이라는 인식은 필요하다. 이는 성별의 문제가 아니라 생활의 문제다.

 ## 5 가정일은 '보이지 않는 노동'이다

현장에서 종종 만나는 홀벌이 남편 중에는 "밖에서 돈을 벌어 오는데 왜 집안일까지 해야 하느냐"고 말하는 경우가 있다. 그럴 때 필자는 묻곤 한다. 가사와 양육을 출퇴근 시간을 지키며 할 수 있느냐고. 가정일은 24시간 이어지는 전일제 노동이다. 따라서 역할 공유는 선택이 아니라 필수에 가깝다. 동시에 가사노동의 경제적 가치에 대해서도 재평가가 필요하다.

오랜 시간 가정 안에만 머무는 생활은 누구에게나 부담이 될 수 있다. 사회적 관계가 단절되고, 자기 효능감이 낮아질 위험도 있다. 그래서 전업주부이든, 전업주부인 남편이든 적절한 사회 참여와 자기계발은 중요하다.

이는 역할의 문제라기보다, 개인의 삶의 균형에 대한 문제다.

돈과 역할, 그리고 자존감

특히 전통적인 성역할 인식을 가진 남성의 경우, 아내보다 경제적 기여가 적다고 느낄 때 열등감에 빠지기도 한다. 그 감정은 때로 가부장적 태도나 통제 욕구로 표현되기도 한다.

그러나 사회는 이미 빠르게 변하고 있다. 다양한 형태의 부부 역할이 등장하고 있고, 고정된 기준에서 벗어난 관계들이 점점 늘어나고 있다. 중요한 것은 어떤 역할이 '정상'이냐가 아니라, 현재 우리 가족에게 어떤 방식이 가장 건강한가이다. 가족의 상황에 따라 역할은 언제든 재조정될 수 있어야 한다.

융통성과 적응력을 갖춘 역할 조정은 부부 관계의 안정성을 높인다.

7 결혼생활의 기준은 무엇인가?

결혼생활에서 경제 활동과 가정일은 모두 중요하다. 다만 가정일은 가족을 위한 일이라는 점에서 성격이 다르다. 가장 소중한 사람들과 함께 살아가기 위한 토대이기 때문이다.

어느 한 사람의 희생 위에 다른 가족의 행복이 세워질 수 있을까.

결혼의 행복은 누가 일을 더 완벽하게 해내느냐에서 오지 않는다. 서로의 역할을 인정하고 감사하며, 부족한 부분을 함께 메워가려는 태도에서 만들어진다.

주부인 남편이 이상한 것이 아니라, 변화하는 현실 속에서 여전히 하나의 정답만을 고집하는 시선이 관계를 더 어렵게 만드는 것은 아닌지 돌아볼 필요가 있다.

10

부부 갈등 다루기

1 갈등은 피할 수 없는 일

부부는 살면서 갈등을 겪을 수밖에 없다. 사실 나 자신도 마음에 들지 않을 때가 있는데, 서로 다른 환경에서 자라고 서로 다른 욕구를 가진 두 사람이 같은 공간에서 살아간다면 갈등은 자연스럽다. 결혼생활이 '현실'이라는 말이 실감 나는 이유다.

생활정보지에 실린 흥미로운 설문조사가 있다. 기혼 남녀 300명을 대상으로 '배우자의 생각지도 못했던 습관'을 조사한 결과, 남편의 경우 '잘 씻지 않는다'와 '반찬 투정을 한다'가 각각 33%로 공동 1위를 차지했다. 그다음으로는 벗은 옷을 늘어놓는다(15%), 한 번 누우면 잘 일어나지 않는다(13%), 속옷 차림으로 돌아다닌다(6%) 순이었다. 201호 남편이나 501호 남편이나 크게 다르지 않아 보인다.

아내의 경우는 '야식을 자주 먹는다'가 40%로 가장 높았고, '잘 씻지 않는다'(26%), '청소·빨래 등 집안일에 게으르다'(19%), '인터넷 쇼핑을 너무 한다'(15%), '요리보다는 배달 음식과 외식을 선호한다'(10%)가 뒤를 이었다. 결혼 전에는 서로 좋은 모습만 보이려 애쓰다가, 결혼 후 전혀 다른 모습을 마주하며 충격을 받는 경우도 적지 않다.

2 갈등이 곧 불행은 아니다

싫은 점만을 떠올리며 상대를 비난하다 보면 결혼생활은 고통의 연속이 된다. 갈등에 대한 해답이 보이지 않을 때 우리는 쉽게 이혼을 떠올린다. 그러나 흥미로운 연구 결과가 있다.

부부치료 전문가 존 가트만 박사(Dr. John Gottman)는 47년간 3,600쌍의 부부를 분석한 결과, 성격 차이나 생활방식의 차이 자체는 이혼과 큰 상관관계가 없다는 사실을 발견했다. 문제는 '무엇으로 싸우느냐'가 아니라 '어떻게 싸우느냐'였다.

가트만 박사는 비난, 방어, 경멸, 담쌓기와 같은 대화 패턴이 반복될 경우 94%의 확률로 이혼을 예측할 수 있다고 했다. 갈등 상황에서 이러한 패턴을 사용하지 않는 부부가 상대적으로 안정적인 관계를 유지했다는 뜻이기도 하다.

3 싸움의 기술, 대화의 방식

갈등 상황에서 비난 대신 부탁으로 말하고, 방어 대신 자신의 책임을 이야기하며, 경멸보다는 차라리 잠시 침묵을 선택하는 것이 관계를 덜 상하게 한다. 완전히 담을 쌓기보다는 정해진 시간 동안 휴식을 갖고 다시 대화하려는 노력이 필요하다.

행복한 부부는 서로의 차이를 없애려 하지 않는다. 변화가 어려운 특성에 대해서는 상대를 바꾸려 하기보다 수용하려는 태도를 보인다. 조언을 앞세우기보다는 어떻게 조율할 것인가에 집중할 때 관계는 유지된다.

얼마 전 지인이 자녀의 수능 결과로 눈물짓는 아내를 위로했다가 오히려 갈등이 커졌다고 했다. 아내의 속상함에 대해 그는 이렇게 말했다.

"너무 속상해하지 마. 모의고사 성적도 그 정도였잖아. 사실 어느 정도 예상된 결과 아니야? 대학을 잘 간다고 인생이 결정되는 것도 아니고, 우리 욕심을 좀 내려놔야지."

이 말은 논리적으로 틀리지 않을지 몰라도, 위로로는 작동하지 않는다. 감정을 나누고 싶었던 아내에게 이 말은 '이해받지 못했다'라는 경험으로 남았을 가능성이 크다.

 5 대화의 핵심은 듣기

대화를 잘한다는 것은 말을 잘하는 것이 아니라 듣는 능력에 가깝다. 듣기에는 인내, 판단을 멈추는 태도, 상대를 이해하려는 노력이 필요하다. 상대의 말을 끝까지 듣고 열린 마음으로 받아들여야 비로소 그 의도를 이해할 수 있다.

대부분의 사람들은 힘들 때 해결책을 원하지 않는다. 자신의 감정을 이해하고 수용 받고 싶어 한다.

6 공감 중심 대화 연습

첫째, 말하는 사람의 감정에 초점을 맞춰 확인하는 과정이 필요하다. "생각보다 결과가 안 좋아서 많이 속상하지?"와 같이 감정을 짚어주는 말로 대화를 시작한다.

둘째, 감정과 정서에 머무는 대화를 이어간다. 충분히 공감받았다고 느끼면, 상대는 스스로 해결의 실마리를 찾는 경우가 많다. 이 과정에서 조언은 잠시 내려놓는 것이 좋다.

7 질문에는 질문이 아닌 대답을

하버드 상담센터에서는 또 다른 대화 기술을 제안한다. 배우자의 질문에 분노를 섞어 되받는 대신, 묻는 말에만 있는 그대로 답하는 연습이다.

"자동차 열쇠 못 봤어?"라는 질문에 "그걸 내가 어떻게 알아?"라고 반응하는 대신, "못 봤어" 혹은 "화장대 위에 있던 것 같아"라고 답하는 것이다. 이 작은 차이가 불필요한 감정 충돌을 줄여준다.

이 방법은 배우자뿐 아니라 자녀와의 대화에서도 효과적이다.

8 약이 되는 말, 상처가 되는 말

우리가 나누는 대화를 한 발짝 떨어져서 들어보면, 약이 되는 말과 상처가 되는 말이 분명히 구분된다. 부부 대화는 기술이기도 하고 태도이기도 하다. 조금의 여유와 연습만으로도 관계는 훨씬 덜 아프게 유지될 수 있다.

▣ 다음 질문에 '맞다/아니다'로 답해 보자.

정답은 없다. 다만 우리 부부의 대화 습관을 점검해 보기 위한 질문이다.

1. 배우자가 힘들어할 때, 나는 해결책을 제시하기보다 감정을 먼저 확인하려 하는가?
2. 갈등 상황에서도 상대를 비난하거나 무시하는 표현을 자주 사용하지는 않은가?
3. 상대의 말을 끝까지 듣기 전에 이미 판단하고 속으로 반박을 준비하고 있지는 않은가?
4. 대화가 격해질 때, 잠시 멈추고 다시 이야기하자고 제안해 본 적이 있는가?

이 질문에 답해 보는 것만으로도 부부 대화는 이미 변화의 첫걸음을 내딛고 있다.

11

삼식이와 하숙집 아주머니

동반자: (사전적 정의) 일을 함께하거나 길을 같이 가는 사람. 즉, 일정한 목적을 가지고 함께 행동하는 사람을 의미한다.

"저는 얼마 전 퇴직을 했습니다. 아내는 계속 직장 생활을 하고 있고요. 그동안 저는 직장 일이 바쁘기도 했고 가정일에는 소홀했지만, 마음만은 항상 가족을 위해 일했다고 장담할 수 있습니다. 그런데 지금의 저는 물과 기름처럼 가족과 잘 어울리지 못하고 있습니다. 왠지 자기들끼리만 잘 지내는 것 같고, 아내는 여전히 직장 일과 친구 모임, 자기계발로 바쁩니다. 외롭네요."

오래전 이런 유머를 들은 적이 있다. 퇴직 이후 하루 세끼를 다 집에서 먹는 남편을 '삼식이', 두 끼를 먹으면 '두식 씨', 한 끼만 먹으면 '일식 님'이라 부른다는 이야기다. 퇴직하고 집에 있는 남편이 어느 날 아내가 곰국을 끓이면 괜히 겁이 난다는 말도 있다.

남편은 퇴직 후 둘만의 시간이 늘어나면서 부부 사이가 더 돈독해지길 기대하지만, 아내는 여전히 자기 삶을 이어간다. 그 모습을 보며 남편은 자신이 '삼식이 취급'을 받는다고 느낀다. 반대로 아내는 삼시 세끼를 챙기고 빨래와 집안일을 도맡아야 하는 '하숙집 아주머니'가 된 것 같아 서운함을 토로한다.

젊은 시절 직장과 자녀 양육에 매달려 살던 부부들이 퇴직 이후 정작 둘만의 시간이 주어지면, 서로에 대한 외로움과 서운함을 경험하는 경우가 많다. 남편은 삼식이가 되고, 아내는 하숙집 아주머니가 되는,

말 그대로 '의리로만 사는 관계'가 되기 쉽다.

2023년 보건사회연구원의 가족실태조사에 따르면, 부부 대화 시간이 30분~1시간 미만인 부부가 35.4%로 가장 많았다. 30분 미만인 부부도 16.6%로 나타나, 1시간 미만 대화하는 부부가 절반 이상으로 나타나고 있다. 그리고 결혼 연차가 길어질수록 대화 시간이 줄어드는 경향을 보였는데, 연령대별로는 2·30대가 상대적으로 높은 대화 시간을 보였지만 40대에서는 하루 대화 시간이 가장 적은 경향을 보이며, 대화가 전혀 없는 부부의 비율도 높게 나타났다. 5·60대는 자녀 독립 이후 부부만 남는 경우가 많아 대화방식의 변화가 생기며 낮은 만족도와 짧은 대화 시간을 보였다.

대화를 많이 하는 가정에는 공통점이 있다. 대화의 방식에 큰 불만이 없고, 공통의 화제가 존재한다는 점이다. 이는 부부가 함께 외출하고, 함께 시간을 보내며, 삶을 공유하는 경험이 많다는 뜻이기도 하다. 함께 생활하고 공유하는 것을 즐기는 부부일수록 자연스럽게 대화도 많아진다.

반대로 대화만 시작하면 싸움이 되는 부부도 있다. 이런 경우 대개 한 사람이 일방적으로 말하고, 다른 한 사람은 짜증 섞인 반응으로 맞선다. 대화가 즐겁지 않으면 함께하는 활동 역시 줄어들고, 결국 이야기할 소재마저 사라지는 악순환이 반복된다.

그렇다면 퇴직 이후의 삶은 어떻게 준비해야 할까.

'젖은 낙엽 증후군'이라는 말이 있다. 퇴직 이후 배우자에게 지나치게 의존해, 도로에 달라붙은 젖은 낙엽처럼 떨어지지 않는 상태를 비유한 표현이다. 이를 완화하기 위해서는 '햇볕정책'이 필요하다. 따뜻한 관심과 적절한 거리 두기를 통해 배우자가 스스로 자신의 시간을 갖도록 돕는 것이다.

퇴직은 삶의 큰 전환점이다. 역할의 변화, 사회적 관계의 축소, 활동 반경의 감소는 우울감으로 이어지기 쉽다. 이때 배우자에게만 의지하면 관계는 더 팍팍해진다. 젊은 시절부터 함께 공유하는 시간이 충분했다면 문제가 덜하지만, 그렇지 않았던 부부라면 더욱 의식적인 노력이 필요하다.

이미 젖은 낙엽 증후군을 경험하고 있다면, 공통의 관심사를 만들거나 부부 교육을 통해 대화 방식을 점검해 보는 것도 도움이 된다. 다만 이를 상대에게 강요하지 말고, 먼저 혼자 시작해보는 것이 좋다.

자원봉사, 배움의 모임, 건강 관리 등 새로운 활동을 통해 삶의 의미를 다시 세우려는 노력도 필요하다. 과거에 혼자서도 잘 살아왔던 사람이라면, 가끔은 다시 '무소의 뿔처럼 혼자 가는 시간'을 회복할 필요도 있다.

퇴직 이후 바쁜 배우자를 원망하기보다, 그 바쁨이 삶을 주체적으로 살아가고 있다는 신호일 수 있음을 인정해 보자. 젊을 때 함께하지 않았던 부부가 나이 들어 갑자기 모든 시간을 함께 보내겠다는 계획은 현실성이 낮다. 가족과 함께하는 시간을 소중히 여기고 싶다면, 지금부터 시작해야 한다.

이 글의 서두에서 동반자의 정의를 소개했다. 결혼은 배우자이자 동반자로서 함께 살아가겠다는 약속이다. 지금의 나는, 그리고 우리는 정말로 '함께' 살아가고 있는가.

 **부부 관계 점검 질문**

다음 질문에 '그렇다/아니다'로 답해 보자. 정답은 없다. 다만 퇴직 이후의 부부 관계를 점검하기 위한 질문이다.

1. 나는 퇴직 이후 배우자에게 정서적·시간적으로 과도하게 의존하고 있지는 않은가?
2. 배우자의 바쁜 일상과 개인 활동을 존중하려는 노력을 하고 있는가?
3. 부부가 함께 즐길 수 있는 공통의 활동이나 관심사를 의식적으로 만들고 있는가?
4. '함께 있음'이 불안에서 비롯된 집착이 아니라, 선택과 즐거움이 되고 있는가?

이 질문에 답해 보는 과정이 퇴직 이후의 부부 관계를 다시 조율하는 출발점이 될 수 있다.

주말부부·기러기 가족 이후의 합거 생활

1 더 이상 하나의 가족만 존재하지 않는다

현대사회의 가족 형태는 매우 다양해졌다. 과거에는 부부를 중심으로 혈연으로 맺어진 자녀가 함께 동거하는 가족을 '일반적이고 정상적인 가족'으로 배워왔다. 그러나 오늘날 이러한 정의는 이미 오래전에 깨졌다.

주변을 둘러보면 한부모가족, 입양가족, 이혼, 재혼가족, 조손가족, 다문화가족, 분거가족, 동거가족, 무자녀가족 등 과거의 틀로는 설명되지 않는 가족들이 자연스럽게 공존하고 있다. 이 가운데 어느 가족이 비정상적이거나 건강하지 않다고 단정할 수 있을까.

2 분거에서 합거로, 다시 시작되는 부부 적응

이 장에서는 다양한 가족 형태 중에서도 '분거가족'과 그 이후의 '합거 생활'에 주목해 보고자 한다. 직업이나 학업, 혹은 삶의 방식 선택으로 인해 부부가 떨어져 살아가는 분거가족은 꾸준히 증가하고 있다. 도시에 사는 배우자와 농촌에 머무는 배우자, 국내와 해외를 오가는 기러기 가족, 장기간 주말부부로 살아온 부부도 여기에 포함된다.

문제는 오랜 분거 생활 이후 다시 함께 살게 될 때 발생한다. 이때의 합거는 신혼기의 동거와는 전혀 다른 성격을 지닌다. 이미 각자의 생활 방식이 굳어진 상태에서 시작되는 '중년기 부부 적응'이기 때문이다.

3 함께 살게 되자 드러나는 생활의 간극

오랜 분거 끝에 합거를 시작한 한 가정을 살펴보자. 그동안 아내와 자녀들은 과일, 빵, 우유 등으로 간단한 아침 식사를 해 왔다. 처음 몇 달 동안 남편은 별다른 불만을 표현하지 않았지만, 시간이 지나면서 밀가루 음식과 우유가 잘 맞지 않는다며 누룽지나 한식 위주의 식사를 원하기 시작했다.

아내 역시 혼자 아이를 키우며 직장 생활을 병행해 왔기에 퇴근 후 모임과 활동이 잦았고, 저녁은 외식이나 배달 음식으로 해결하는 생활에 익숙해져 있었다. 남편은 이러한 생활방식에 불만을 느꼈고, 불만이 반복되면서 가족 구성원 모두가 '불편한 동거'를 경험하게 되었다.

4 중년기에 다시 찾아온 신혼기의 과제

현대 가족은 과거와 다른 가족생활주기를 경험한다. 결혼 20년 차에 접어든 부부라면, 과거에는 부모 역할에서 벗어나 부부 중심의 삶을 재정립하던 시기였다. 그러나 분거 이후 합거를 시작한 부부에게는 신혼기 부부의 발달과업이라 할 수 있는 '생활방식에 대한 상호 적응'이 중년기에 다시 주어진다.

이미 20년을 함께 살아온 부부임에도 불구하고, 마치 처음 결혼한 것처럼 서로의 생활 습관과 가치관을 다시 조율해야 하는 상황에 놓이게 되는 것이다.

5 합거 부부를 위한 작은 처방

그렇다면 이러한 합거 부부에게 어떤 처방이 필요할까. 비교적 쉽게 시도해 볼 수 있는 방법 하나를 제안하고자 한다.

먼저, 배우자와 함께 살게 되어 좋은 점을 최소 세 가지 이상 찾아 종이에 적어본다. 그리고 그것을 발견했을 때 실제로 배우자에게 표현해 본다. 표현 방식은 다음과 같이 단순하면 충분하다.

"예전에 당신이 없을 때는 ＿＿＿＿＿＿했는데, 지금은 당신이 함께 있어서 ＿＿＿＿＿＿해서 마음이 좋다."

문제와 불편함에만 초점을 맞추고 있으면 관계는 점점 경직된다. 그러나 의도적으로 긍정적인 장면을 찾기 시작하면, 이전에는 보이지 않던 장면들이 자연스럽게 눈에 들어온다. 이러한 표현은 '함께 사는 것이 싫다'라는 오해와 선입견을 줄이고, 변화된 생활방식에 유연하게 적응할 수 있는 여지를 만든다.

6 서로의 지난 시간을 이해하기

아내는 직장 생활과 독박 육아를 병행하며 오랜 힘겨운 시간을 홀로 감당해 왔을 가능성이 크다. 외식과 배달 음식, 친정 부모의 도움, 친구와의 모임은 단순한 편의가 아니라 버티기 위한 삶의 방식이었을지도 모른다. 이에 대한 남편의 이해와 공감이 필요하다.

반대로 남편 역시 잦은 발령과 낯선 환경 속에서 가족과 떨어져 지내며 외로움을 견뎌왔을 것이다. 따뜻한 가족의 일상에 대한 갈망 역시 존중받아야 한다.

이 부부는 결국 조금씩 조율해 나갔다. 매일 한식을 고집하던 남편은 주 3회 정도로 식사 방식을 조정했고, 아내는 모임 횟수를 줄여 함께 산책하거나 TV를 보고 영화를 보는 시간을 늘렸다. 저녁 준비 역시 한 사람이 전담하기보다 함께하는 방식으로 바뀌었다.

7 함께 산다는 것의 의미

합거 생활에서 반드시 기억해야 할 점이 있다. 음식 솜씨나 생활방식의 차이를 이유로 상대를 비난하거나 창피를 주는 일은 관계를 급속히 무너뜨린다. 중요한 것은 누가 더 옳으냐가 아니라, 함께 살아가기 위해 어떻게 조율할 것인가이다.

오랜 분거 이후의 합거는 새로운 출발이다. 그 출발이 갈등으로만 채워지지 않기 위해서는, 다시 한번 부부가 '동반자'라는 사실을 의식적으로 떠올릴 필요가 있다.

어떻게 하면 좀 더 열정적으로 사랑할 수 있을까?

부부의 사랑을 이야기할 때, 우리는 종종 아주 중요한 이야기를 조심스럽게 피해 간다. 바로 '섹스'다. 너무 사적이라는 이유로, 혹은 괜히 분위기를 망칠까 봐 말하지 않는다. 하지만 말하지 않는다고 문제가 사라지지는 않는다. 오히려 대화를 멈춘 순간부터 관계의 온도는 조금씩 식어간다.

이 장은 자극적인 이야기를 하려는 것이 아니다. 오히려 많은 부부가 공통으로 겪지만 혼자만의 문제라고 착각하는 현실을 차분히 들여다보려는 시도다. 열정적인 사랑은 특별한 기술이 아니라, 관계를 다루는 태도에서 시작되기 때문이다.

1 숫자가 말해 주는 부부의 현실

전 국민을 대상으로 한 공식적인 부부 성생활 통계는 많지 않다. 다만 기존 연구들을 종합해 보면, 부부관계가 월 1회 이하이거나 사실상 없는 '섹스리스' 부부의 비율은 30~40%에 이르는 것으로 추정된다. 연령이 높아질수록, 각방 생활을 할수록 그 비율은 더 높아진다.

물론 성관계의 횟수가 곧 부부 만족도를 의미하지는 않는다. 중요한 것은 숫자가 아니라 지금의 상태가 두 사람 모두에게 괜찮은지, 그리고 이 문제를 안전하게 이야기할 수 있는 관계인지다. 불만보다 더 관계를 멀어지게 만드는 것은 '침묵'이다.

2 말하지 않아서 더 멀어지는 이유

우리 사회에서 부부의 성 문제는 여전히 '지극히 개인적인 영역'으로 남아 있다. 공적인 대화에서도, 정책의 우선순위에서도 쉽게 밀려난다. 그러나 전문가들은 성이 단지 신체적 욕구가 아니라 정서적 유대, 관계 안정감, 자존감과 깊이 연결되어 있다고 말한다. 그래서 해외의 부부 상담이나 가족치료에서는 성에 대한 이야기가 비교적 자연스럽게 다뤄진다. 성을 이야기한다는 것은 곧 서로의 욕구와 감정을 존중하겠다는 선언이기 때문이다.

3 분위기를 여는 가장 쉬운 열쇠, 유머

섹스 이야기가 어려운 가장 큰 이유는 '너무 진지해질까 봐'다. 이럴 때 유머는 관계의 긴장을 풀어주는 윤활제 역할을 한다. 가벼운 농담, 장난 섞인 말 한마디가 대화의 문을 연다.

일상에서 웃음을 자주 나누는 부부는 성에 대해서도 비교적 자연스럽게 이야기한다. 갑자기 깊은 이야기를 꺼내기보다, 평소의 소소한 대화가 쌓여 관계의 체력을 만든다. 높은 산을 오르기 전 낮은 산부터 오르는 것처럼 말이다.

 **4 남자와 여자는 왜 이렇게 엇갈릴까**

흔히 이런 말이 있다. 여성은 사랑이라 말하고, 남성은 섹스라 말한다. 남성은 성적 접촉을 통해 친밀감을 느끼는 경우가 많고, 여성은 정서적 안정과 친밀감이 먼저 형성되어야 성적 만족을 느끼는 경우가 많다.

그래서 타이밍은 쉽게 어긋난다. 아내는 지쳐 있고, 남편은 위로하고 싶다. 아내는 감정이 풀려야 하고, 남편은 스킨십으로 풀고 싶다. 이 차이는 옳고 그름의 문제가 아니라 다름의 문제다. 갈등은 차이 그 자체가 아니라, 그 차이를 말하지 않을 때 생긴다.

 **5 침대 위에서는 평가하지 말 것**

성에 대한 대화는 내용만큼이나 장소와 방식이 중요하다. 침대 위에서는 불만이나 평가보다 긍정적인 표현이 관계에 도움이 된다. "이럴 때 좋았어", "이렇게 해주면 마음이 편해져" 같은 말은 상대를 방어적으로 만들지 않는다.

반대로 불편한 이야기는 장소를 옮기는 것이 좋다. 산책 중이나 차분한 식사 자리에서 "너는 왜"가 아니라 "나는 이렇게 느꼈어"라는 방식으로 말해야 한다. 비교, 비아냥, 농담 섞인 지적은 쉽게 상처로 남는다. 성은 가장 취약한 영역이기 때문이다.

사랑에 대해 묻는 연습

부부치료 전문가 존 가트만은 성 대화의 핵심을 '기술'이 아니라 '질문'에 두었다. 다음과 같은 질문들은 정답을 요구하지 않는다. 다만 관심과 애정을 확인하는 대화를 가능하게 한다.

- 우리가 함께했던 순간 중 언제가 가장 좋았어?
- 당신은 어떤 때 가장 설레?
- 내가 어떻게 하면 당신을 더 편안하게 해줄 수 있을까?
- 사랑하고 싶을 때, 당신이 보내는 신호는 뭐야?
- 우리의 관계를 더 즐겁게 만들기 위해 내가 할 수 있는 건 뭘까?

열정은 관리의 대상이다

열정적인 사랑은 타고나는 것이 아니다. 오래 함께할수록 자연히 사라지는 것도 아니다. 다만 돌보지 않으면 조용히 멀어질 뿐이다. 서로를 궁금해하고, 조심스럽게 묻고, 존중하며 조율하는 과정 속에서 사랑은 다시 살아난다.

사랑은 감정이지만, 관계는 기술이다. 그리고 그 기술의 출발점은 언제나 '대화'다.

14

갈등이 꼭 나쁜 것만은 아니다

 부부 갈등은 관계가 무너졌다는 신호가 아니라,
존중받고 싶다는 요청이다.

부부간의 갈등이 전하는 메시지는 의외로 단순하다. "나를 동반자로 존중해 달라", "좋은 대화의 파트너가 되어 달라"는 요청이다. 갈등은 상대를 이기기 위한 싸움이 아니라, 관계 안에서 내 자리를 확인하려는 시도다. 문제는 갈등 그 자체가 아니라, 그 갈등을 표현하는 말의 방식이다. 좋은 말은 천 마디를 해도 남지만, 헐뜯는 말은 단 한 마디로도 평생 지워지지 않는 상처가 된다.

속상함이 치밀어 오를 때, '지금 꼭 이 말을 해야 하는가'를 잠시 멈춰 생각할 수 있다면 관계는 돌이킬 수 없는 지점까지 가지 않는다. 하고 싶은 말 한마디를 참아 내는 시간의 힘은, 생각보다 크다.

 싸움에는 기술이 필요하다
긴 칼이 아니라 짧은 단도가 필요할 때

예전에 읽은 책에서 부부 싸움을 '칼로 물 베기'에 비유한 글이 떠오른다. 물을 벨 때는 짧은 단도를 써야지, 긴 장도를 휘두르면 바닥에 상처가 남는다. 그 상처는 물이 마를 때까지 오랜 시간이 걸린다. 부부 싸움도 마찬가지다. 감정이 격해질수록 우리는 더 날카로운 말을 선택한다. 그러나 그 말들은 순간의 통쾌함을 줄 뿐, 관계의 바닥에는 깊은 흠집을 남긴다. 갈등을 피할 수 없다면, 최소한 상처를 남기지 않는 방식으로 다투는 기술은 필요하다.

갈등이 없다는 사실이, 문제가 없다는 뜻은 아니다

어떤 부부의 이야기다.

결혼 15년 동안 평일에 가족이 함께 저녁 식사를 한 적이 단 한 번도 없었다. 각자의 바쁨은 어느새 생활 패턴이 되었고, 저녁은 각자 해결하는 것이 당연해졌다.

자녀들은 학원과 야간자습으로 외식을 하고, 아내와 아이들이 저녁을 마친 후, 남편은 밤 10시 이후에 귀가한다. 자녀들은 각자의 방에서 일을 하고, 부부는 귀가 후 집에 와서 하는 일은 아내는 집안일, 남편은 늘 텔레비전 시청뿐이다.

흥미로운 점은, 이 부부가 잦은 다툼을 하지 않는다는 사실이다. 함께 보내는 시간이 적으면서, 서로의 영역에 체념했기 때문에만 경험할 수 있고 가능한 그 가정의 평온이다. 상대를 바꾸려 애쓰며 스트레스를 받기보다, 그냥 수용해 버린 것이다. 부부의 삶의 방식에는 정답이 없다. 그렇게 사는 것이 편하고 갈등이 없다면 굳이 고치지 않아도 된다고 말할 수도 있다.

그러나 이 사례는 한 가지 질문을 남긴다.
'갈등이 없다'는 것이 과연 '관계가 건강하다'는 뜻일까?
싸움이 적은 이유가 서로 얼굴을 마주할 시간이 없기 때문이라면, 그 평온은 안정이 아니라 거리일지도 모른다.

 **문제를 없애면 갈등이 사라질까?,
갈등이 사라지면 문제가 해결될까?**

어떤 이는 갈등을 없애려면 문제가 먼저 해결되어야 한다고 생각하고, 또 다른 이는 문제가 해결되려면 갈등이 사라져야 한다고 여긴다. 그러나 그 밑바탕에는 종종 이런 믿음이 깔려 있다.

'내가 배우자를 바꿀 수 있다.' '내가 조금만 더 노력하면 달라질 것이다.' 이 믿음은 어디에서 비롯되었을까. 변화시키려는 시도 속에서 서로는 상처를 받았고, 그 결과가 더 큰 행복으로 이어지는 경우는 생각보다 많지 않다. 오히려 싸움의 기억만 남아, 시간이 지나도 아물지 않은 상처를 확인하게 된다.

 **갈등은 파괴가 아니라, 성장의 계기가 되기도 한다**

모든 갈등이 나쁜 것은 아니다.
때로는 비 온 뒤 농작물이 더 건강하게 자라듯, 갈등 이후에 오히려 만족감과 친밀감이 깊어지는 부부도 있다.
부부마다 갈등을 다루는 나름의 지혜가 있다. 문제를 해결하는 과정에서 서로를 더 이해하게 되고, "이 사람은 이런 지점에서 힘들어하는구나"를 알게 되기도 한다. 갈등을 성장의 자원으로 활용할 수 있다면, 그것은 관계의 위기이자 기회다.
그러나 모든 갈등을 반드시 해결해야 하는 것은 아니다. 어떤 문제 앞에서는 '용감한 포기'가 필요할 때도 있다. 이때 필요한 것은 감정이 아니라 계산이다.

이 갈등을 해결하기 위해 소모해야 할 에너지는 얼마나 되는가. 그 에너지가 나와 우리의 삶을 더 나은 방향으로 이끌 수 있는가. 그리고 이 포기가 결혼생활 자체의 포기를 의미하는 것은 아닌가. 이 구분이 분명해질 때, 포기는 무책임이 아니라 선택이 된다.

갈등에 대해 내가 도달한 하나의 결론은 이것이다. 배우자를 바꿀 수 있다고 생각하지 말아야 한다는 것.

"내가 몇 번을 말해, 하지 말랬잖아"라는 말만큼 무력한 말도 없다. 여러 번 말해도 바뀌지 않았다면, 그 방법은 이미 효과가 없는 방법이다. 약효 없는 약을 왜 계속 복용하라 하는가. 이제는 그 방법을 버리고, 다른 길을 찾아야 할 때다.

다른 방법을 모르겠다면 전문가의 도움을 받는 것도 충분히 의미 있는 선택이다. 외부의 개입은 내가 미처 보지 못했던 관점을 열어 주고, 관계에 대한 인식의 전환을 가능하게 한다.

그럼에도 불구하고, 때로는 '노력이 아닌 포기'가 필요하다. 이는 내가 부족해서가 아니라, 서로의 역량과 코드가 맞지 않는 지점에서 해결을 위해 감당해야 할 에너지가 지나치게 크기 때문이다. 배우자를 바꾸려 애쓰며 에너지를 탕진하기보다, 용감한 포기를 통해 그 에너지를 나의 성장과 기쁨을 위해 사용하는 것. 그 선택이 오히려 삶을 더 윤택하게 만들 수도 있다.

정리하면, 지속되고 반복된 갈등 앞에서 우리가 선택할 수 있는 길은 세 가지다.

1. 그동안 반복해 온 해결 방식을 내려놓고, 전혀 다른 방법을 시도해 본다.
2. 다른 방법을 찾기 어렵다면, 전문가의 도움을 받아 본다.
3. 쉽지 않더라도, 갈등 해결을 위한 노력을 용감하게 포기해 본다. 갈등은 반드시 제거해야 할 장애물이 아니다.

어떻게 다루느냐에 따라, 관계를 무너뜨리는 원인이 될 수도, 관계를 한 단계 성장시키는 계기가 될 수도 있다.

14

배우자와 소통하기

요즘 MBTI에 대한 관심은 세대를 가리지 않는다. 자기소개에 자신의 유형을 덧붙이기도 하고, 유형을 소재로 유머를 나누기도 한다. 저자인 나는 사고형(Thinking)에 속한다. 나의 분노는 대개 '사건' 그 자체보다 그 사건을 해석하는 방식에서 비롯된다. 상대의 행동 때문에 화가 나기보다는, 그 행동을 통해 내가 느낀 의미—무시당했다는 느낌, 모멸감, 부끄러움—으로 감정이 증폭되는 경우가 많다.

그래서 이성적으로 대응해야겠다고 마음먹을 때면, 시간이 다소 걸리더라도 상대방의 행동이나 감정에는 나름의 타당함이 있을 수 있음을 먼저 인정하려 한다. 그리고 그 타당함이 무엇인지 찾으려 애쓴다. 하지만 현실에서는 이성적 판단보다 감정이 먼저 치고 올라와 분노하는 경우가 훨씬 많다.

많은 부부가 '성격 차이'를 이유로 관계를 정리했다고 말하지만, 실제로는 성격 차이보다 대화가 되지 않아서 마음의 담을 쌓고, 비난이 반복되다 관계가 멀어지는 경우가 더 많다. 대화에는 분명 기술이 필요하다. 그리고 기술 이전에 중요한 것은 대화의 목적이다.

대화의 목적은 흔히 정보 전달이라고 말한다. 맞는 말이다. 여기에 하나를 더 보태자면, 대화는 원하는 것을 얻기 위한 수단이기도 하다. 우리는 보통 위로받기 위해, 사랑받기 위해, 사실을 전달하기 위해, 혹은 관계를 이어가기 위해 말한다.

대화는 말하기와 듣기로 이루어진다. 말하기를 잘하기 위해서는 언어적 메시지와 비언어적 메시지를 함께 살펴볼 필요가 있다. 언어적 메시지는 정보를 정확히 전달하는 힘이다. 아나운서나 기자처럼 육하원칙에 따라 또렷한 발음으로 말할 때 정보 전달력은 높아진다.

반면 비언어적 메시지는 언어적 메시지에 생명력을 불어넣는 조미료와 같다. 앨버트 메라비언(Albert Mehrabian)의 연구에 따르면, 상대에 대한 인상과 호감을 형성하는 데 있어 말의 내용은 7%, 목소리는 38%, 표정과 몸짓은 55%를 차지한다고 한다.

같은 말이라도 '사랑해'라는 표현을 부드러운 목소리와 따뜻한 표정으로 할 때와, 비아냥거리는 말투와 차가운 눈빛으로 할 때 우리는 전혀 다르게 받아들인다. 말의 내용보다 비언어적 메시지가 훨씬 큰 영향을 미친다는 사실을 기억할 필요가 있다. 효율적인 소통을 위해서는 내가 전하고자 하는 의도와 일치하는 비언어적 메시지를 함께 사용하는 연습이 필요하다.

다음으로 중요한 것은 공격적인 대화가 아니라, 말의 결을 살피며 다가가는 대화이다. 미국의 부부 상담가 존 가트만은 대화 방식을 세 가지로 구분하고 있다. 원수가 되는 대화(Turning Against), 멀어지는 대화(Turning Away), 그리고 다가가는 대화(Turning Toward)다.

공격적인 대화는 자신의 감정과 정서가 전달되기보다는, 상대를 향해 날이 선 말이 먼저 나가는 대화다. 예를 들어 직장에서 너무 힘들다고 말하는 배우자는 공감과 위로를 기대했을지 모른다. 그러나 상대가 "나는 더 힘들다"며 자신의 고충을 늘어놓는 순간, 대화는 공감이 아닌 경쟁과 방어로 변한다.

공격적인 대화의 예

A: 이번 주는 정말 힘들었어. 요즘은 직장이고 뭐고 다 그만두고 쉬고 싶어.
B: 뭐가 힘들다고 그래? 나는 회사 일에 집안일, 애들 학원까지 다 챙겨. 회사 일만 하는 자기가 힘들단 말은 하지 말아야지.

A: 내 핸드폰 혹시 못 봤어?
B: 또 어디다 두고 찾는 거야? 넌 항상 그게 문제야.

이런 대화가 반복되면, 깊은 이야기를 하고 싶은 마음은 점점 사라진다. 특히 '답이 정해진 질문'을 던지는 사람과의 대화에서 그렇다. 상대의 생각을 듣고 싶어서가 아니라, 자신의 생각을 관철시키려는 질문은 결국 관계를 멀어지게 만든다.

결혼 30년 차 부부 상담에서 이런 고백을 들은 적이 있다.

"이제는 싸우지 않아요. 눈빛만 봐도 어떤 말을 하면 화낼지 아니까 그냥 말을 안 해요. 천생연분이라서가 아니라, 상처받기 싫어서 그래요. 하라는 대로 하고, 알겠다고 대답하는 게 편해졌어요."

이 부부가 터득한 '생존형 대화'는 씁쓸하다. 갈등은 사라졌지만, 위로와 공감, 반려자로서의 감정 교류도 함께 사라진 듯 보였다.

멀어지는 대화의 예

A: 날씨가 정말 좋다.
B: 왜? 골프 치러 가고 싶어서 그러는 거지?

A: 애들이 파리에서 잘 지내는지 걱정돼.
B: 나는 예전에 갔을 때 에펠탑 유리가 무섭더라.

A: 오늘 허리가 많이 아파.
B: 나는 평소에도 목이랑 허리가 다 아파.

　멀어지는 대화는 싸움으로 번지지는 않지만, 반복되면 대화의 빈도 자체가 급격히 줄어든다. 관계는 점점 '소 닭 보듯' 흘러가고, 겉모습만 부부인 상태가 되기 쉽다. 또 하나의 멀어지는 대화는 자기 이야기만 하는 유형이다. 상대의 의도보다 자신의 경험이 더 중요한 사람과의 대화는 결국 공허함만 남긴다.

그렇다면 다가가는 대화는 어떻게 가능할까. 비교적 쉬운 단계부터 살펴보자.

스텝 1: 묻는 말에는 먼저 정확히 대답하고, 상대의 말을 그대로 되짚
어 준다.

스텝 2: 여기에 감정과 정서에 초점을 더하고 공감의 언어를 덧붙인다.

A: 이번 주는 정말 힘들었어. 다 그만두고 쉬고 싶을 정도야.
B: 그만두고 싶을 만큼 많이 힘들었구나. 일이 힘들었어, 아니면 관계가
더 힘들었어? 내가 해결해 줄 수는 없지만, 이야기하면 조금은 풀릴
수도 있을 것 같아.

우리는 정보를 얻기 위함보다 감정과 정서를 나누기 위해 대화하는
경우가 훨씬 많다. 그 감정을 함께 나눌 때, 상대는 이해받았다고 느
끼고 관계는 한 발 더 가까워진다.

물론 다가가는 대화를 항상 유지하기는 쉽지 않다. 처음에는 공감으
로 시작했지만, 어느새 해결책을 제시하고 감정까지 통제하려 들기도
한다. "뭐가 그렇게 슬퍼?", "힘들어하지 마"라는 말은 공감을 가장한
차단일 수 있다. 많은 사람들이 소통 교육 이후 겪는 흔한 실수다.

바쁜 일상 속에서 상대방에게 다가가기 위한 감정과 정서에 초점을
맞추어 피드백 하기 힘든 날이 있다. 에너지가 부족하고 소진된 날도
있다. 그럴 때는 깊은 공감 대신, 묻는 말에만 답하고 내용을 요약해
주는 것만으로도 충분하다.

A: 요즘 재무팀 철수 씨 때문에 너무 화가 나.

B: 요즘 철수 씨 일로 화날 일이 많았구나.

말이 많아 상처 주는 사람보다, 차분히 들어주는 사람이 더 곁에 두고 싶은 존재일 때가 많다. 때로는 원수가 되는 말이나 멀어지는 말보다, 유구무언의 태도가 관계를 지킨다.

배우자와의 대화는 다른 관계와는 달라야 한다. 변화와 성장을 돕는 대화여야 한다. 가족학에서는 전체는 부분의 합보다 크다고 말한다. 서로 다른 환경에서 자란 두 사람이 만나, 각자의 능력을 넘어서는 성장을 만들어 갈 수 있다. 결혼은 그 가능성을 믿고 함께 노력하는 관계다. 소통 역시 그 노력의 핵심이다.

15

돈 때문에 싸워요

 ## 성격 차이보다 더 자주 등장하는 갈등의 진짜 얼굴, 돈

부부 갈등의 원인으로 흔히 성격 차이를 이야기하지만, 실제 상담 현장에서는 금전 문제가 갈등의 핵심으로 등장하는 경우가 매우 많다. 살림이 빠듯해서 다투는 경우도 있지만, 아이러니하게도 경제적으로 비교적 여유가 있는 가정에서도 돈 문제는 갈등을 만든다.

돈을 얼마나 벌고 있느냐보다 더 중요한 것은 돈을 어떻게 쓰고, 무엇을 우선순위에 두느냐다. 표면적으로는 사소한 소비 문제처럼 보이지만, 그 이면에는 가치관과 관계 인식의 차이가 숨어 있다. 많은 부부 갈등의 뿌리에는 결국 '돈'이 자리하고 있다.

 ## 돈 싸움은 세 가지 갈래로 나뉜다

존 가트만 박사는 부부가 돈 때문에 다투는 이유를 크게 세 가지로 설명한다. 경제권의 불평등, 경제적 안정에 대한 인식 차이, 그리고 돈 문제로 인한 다툼의 본질에 대한 인식 차이이다.

이 구분은 단순하지만 상담 현장에서는 놀라울 만큼 정확하게 맞아떨어진다. 돈 때문에 싸운다고 말하지만, 실제로는 서로 다른 지점을 보고 화를 내고 있기 때문이다.

 ## '얼마를 쓰느냐'보다 더 민감한 문제, 결정권

첫 번째는 경제권의 불평등이다. 한 배우자는 점심값과 교통비 정도의 용돈으로 생활하는 반면, 다른 배우자는 비교적 자유롭게 개인 소

비를 하는 경우 갈등이 쉽게 표출된다.

이때 갈등의 핵심은 금액이 아니다. '누가 얼마나 쓰는가'가 아니라, 누가 결정권을 가지고 있는가의 문제로 확장된다. 돈을 쓰는 사람과 허락을 받아야 하는 사람이 나뉘는 순간, 관계는 수평이 아니라 위아래로 기울어진다.

 **'우리 집 형편'에 대한 서로 다른 그림**

두 번째는 경제적 안정에 대한 인식 차이다. 같은 통장을 보고도 부부는 전혀 다른 판단을 내릴 수 있다.

한쪽은 '이 정도면 부모님께 용돈을 드릴 수 있다'고 생각하고, 다른 한쪽은 '지금은 우리 가정의 안정이 먼저'라고 느낀다. 이 차이는 계산 능력의 문제가 아니라, 각자가 자라온 원가족에서 배운 책임과 의무의 기준에서 비롯된다. 그래서 이 지점의 갈등은 더 깊어지기 쉽다.

 **돈 싸움의 본질은 소비가 아니라 관계다**

세 번째는 다소 추상적으로 들릴 수 있지만, 매우 중요한 지점이다. 돈 문제로 다투는 이유에 대해 부부가 서로 다른 해석을 하고 있다는 것이다. 가트만 박사는 이 부분에서 부부의 관계 안정성, 나아가 이혼 가능성까지 예측할 수 있다고 말한다. 돈을 둘러싼 대화 방식은 단순한 소비 습관을 넘어, 삶의 태도와 관계에 대한 인식을 그대로 드러내기 때문이다.

예를 들어 배우자가 베트남으로 골프 여행을 간다는 사실을 출발 3일 전에야 알게 되었다고 해보자. 대부분 불쾌함을 느낄 수 있다. 그러나 무엇이 더 화가 나는지는 사람마다 다르다.

어떤 이는 사전에 상의하지 않은 태도에 분노하고, 어떤 이는 혼자만 즐긴다는 느낌에서 상대적 박탈감을 느낀다. 또 다른 이는 가정의 예산을 무시한 일방적 지출에 화가 난다. 표면적으로는 같은 사건이지만, 각자의 분노 버튼은 전혀 다르다. 그리고 그 버튼은 대부분 돈 그 자체가 아니라, 돈이 상징하는 의미, 즉 존중·안전·공정성·책임과 연결되어 있다.

골프 여행 사례에서도 한쪽은 '내가 번 돈으로 내가 쓰는 것인데 왜 허락을 받아야 하지?'라고 생각할 수 있다. 반면 다른 한쪽은 '부부라면 최소한의 상의와 합의는 필요하지 않을까?'라고 생각할 수 있다. 이 차이는 권리의 문제가 아니라, 부부라는 관계를 어떻게 인식하느냐의 차이에서 비롯된다. 그래서 돈 싸움은 쉽게 끝나지 않는다.

6 돈에 대한 태도는 대부분 원가족에서 배운다

개인에게 돈이 갖는 의미는 대부분 원가족 경험을 통해 형성된다. 어린 시절 부모가 돈을 어떻게 사용했고, 어떤 태도로 이야기했는지는 지금의 소비 습관과 가치관에 깊은 영향을 준다.

빚이 많았지만 아이에게는 내색하지 않고 현재의 여유를 중시했던 가정에서 자란 사람과, 미래의 불안을 대비해 절약을 강조했던 가정에서 자란 사람의 삶의 태도는 분명 다를 수밖에 없다. 어느 쪽이 옳다고 말할 수는 없다. 중요한 것은 정답이 없다는 사실을 인정하는 것이다. 서로 다른 환경에서 자란 두 사람이 부부가 된다면, 소소한 지출 하나에도 의견 충돌이 생기는 것은 어쩌면 자연스러운 일이다. 중요한 것은 갈등을 없애는 것이 아니라, 그 갈등을 이해의 재료로 사용하는 것이다.

배우자와 함께 어린 시절 부모로부터 어떤 방식으로 돈을 배웠는지, 돈이 어떤 의미였는지, 소비 습관은 어떻게 형성되었는지 이야기를 나누어 보자. 돈 이야기는 곧 서로가 살아온 삶의 이야기다. 그 이야기를 나누는 과정 자체가 부부가 서로를 더 깊이 이해하는 중요한 출발점이 된다.

16

벽에 이야기하는 것 같아요

 ## 공감되지 않는다는 말은, 마음이 멀어졌다는 신호가 아니라 서로 다른 언어를 쓰고 있다는 신호다.

어떤 사람과 이야기를 나누다 보면, 내가 사용하는 사전과 그 사람이 사용하는 사전이 전혀 다르다는 느낌을 받을 때가 있다. 분명 나는 이런 의도로 말을 했는데, 돌아오는 반응은 전혀 다른 방향일 때다. 말은 오갔지만 마음은 닿지 않았다는 허탈감이 남는다.

주말 저녁, 분위기 좋은 식당에서 식사를 마치고 자리에서 일어서는 순간을 떠올려 보자.

아내는 말한다. "여기 음식도 맛있고 분위기도 좋아서, 모처럼 힐링한 기분이야. 근데 내일 아침거리 생각하니까 좀 심난하네."
남편은 답한다. "아이고, 뭔 걱정이야? 간단히 먹어. 계란 삶고 요거트에 샐러드면 되지."

말만 보면 틀린 말은 없다. 그러나 이 대화 뒤에 남는 감정은 묘한 어긋남이다. 상담 현장에서 만난 이 부부의 경우, 아내는 늘 밥과 국으로 아침을 준비해 왔고, 남편의 가사 참여는 거의 없었다. 문제는 말의 내용이 아니라, 그 말을 꺼낸 맥락과 관계의 역사였다.

 **말의 의미는 문장 속이 아니라 관계의 맥락 안에서 완성된다.**

언어는 언제나 맥락 속에서 해석된다. 연인 관계에서 여성이 "자기야, 춥다"라고 말했을 때, 남성이 "그러네, 진짜 춥네"라며 자신의 점퍼 지퍼를 끝까지 올리는 장면을 떠올려 보자. 말의 의미를 문자 그대로만 이해한 반응이다. 많은 사람들이 이런 순간에 '눈치 없다'고 느끼는 이유는, 그 말이 단순한 체온 정보의 공유가 아니기 때문이다.

의미를 읽어내는 데 서툰 사람도 있다. 이것은 성격의 문제가 아니라 연습의 문제일 수 있다. 사티어의 경험적 가족치료에서는 이를 돕기 위해 '의도 추리하기'라는 간단한 연습을 제안한다. 한 사람이 일상적인 문장을 말하면, 다른 사람은 그 말 속에 담긴 진의를 추측해 말해 보는 방식이다. 이 과정을 반복하며 우리는 비로소 '말 너머의 마음'을 읽는 감각을 훈련하게 된다.

3 **우리는 같은 단어를 쓰지만, 서로 다른 사전을 들고 살아간다.**

사람마다 마음속에는 자신만의 '인식의 사전'이 있다. 예를 들어 '배려'라는 단어를 떠올려 보자. 어떤 사람에게 배려란 상대가 원하는 것을 알아차리고 애써주는 나의 노력이다. 반면 다른 사람에게 배려란, 자신의 판단과 말에 반대하지 않고 그대로 받아주는 상대의 태도일 수 있다.

겉보기에는 비슷해 보이지만, 이 두 정의는 관계에서 전혀 다른 결과를 낳는다. 후자의 사전을 가진 사람은 상대가 다른 의견을 표현하는 순간 '배려받지 못했다'고 느낀다. 그래서 갈등을 피하기 위해 자신의 불편함을 삼키고 침묵을 선택한다. 충분히 배려했다고 느끼지만, 관계는 점점 식어 간다. 배려는 많았지만 친밀감은 쌓이지 않는 아이러니다.

 **4 공감되지 않는 순간은 관계의 실패가 아니라,**
서로의 사전을 확인하라는 초대다.

그래서 관계에서 먼저 필요한 것은 상대를 바꾸려는 노력이 아니라, 상대가 어떤 사전을 들고 있는지를 알아보려는 태도다. 같은 단어를 쓰고 있어도, 그 사람이 사용하는 언어로 해석하지 않으면 행동의 의미는 왜곡될 수밖에 없다.

요즘 우리는 다양성을 존중해야 한다는 말을 자주 한다. '저런 생각을 하는 사람도 있구나'라는 경험은 누구에게나 있다. 그러나 공감되지 않는 상황이 반복된다면, 그때는 이렇게 물어볼 필요가 있다. 혹시 우리가 서로 다른 사전을 들고 같은 단어를 쓰고 있는 것은 아닐까.

공감되지 않는 순간은 관계가 끝났다는 신호가 아니다. 오히려 지금 이야말로 서로의 언어를 다시 배우고, 관계를 조정할 수 있는 중요한 지점임을 알려주는 신호일 수 있다.

지금까지는 부부라는 관계 안에서 마주하게 되는 갈등과 소통, 그리고 서로를 이해하기 위한 노력을 살펴보았다. 결혼은 두 사람이 만나는 사건이지만, 그 삶은 곧 부모라는 새로운 역할로 확장된다. 부부 사이에서 형성된 대화의 방식과 갈등을 다루는 태도는 아이가 태어난 이후 고스란히 양육의 언어가 되고, 가족 문화의 토대가 된다.

부모가 된다는 것은 단지 아이를 키운다는 의미를 넘어, 나 자신이 어떤 어른으로 살아갈 것인가를 다시 묻는 과정이기도 하다. 아이는 말보다 부모의 태도를 배우고, 가르침보다 관계 속에서 삶을 익힌다. 그래서 부모와 자녀의 관계는 일방적인 양육이 아니라, 함께 배우고 함께 성장하는 동행에 가깝다.

이제부터는 제2부, '부모와 자녀, 함께 성장하는 동행'으로 넘어가려 한다.
부모라는 이름으로 살아가며 마주하게 되는 현실적인 고민들, 그리고 그 속에서 아이와 나 모두가 조금 더 단단해질 수 있는 이야기를 차분히 풀어보고자 한다.

제2부
부모와 자녀

함께 성장하는 동행

우리는 태어날 때 이미 선함과 현명함을 갖고 태어났다. 다만 어렸을 때 우리가 길러진 방식 때문에 또는 부모가 우리에게 주었던 왜곡된 메시지 때문에 그러한 능력이 단절되어 있을 뿐이다.

- 비벌리 엔젤

1

부모가 된다는 것이 두렵습니다

과거에는 결혼한 부부에게 자녀 계획을 묻는 것이 자연스러웠다. 결혼과 출산은 당연한 삶의 수순처럼 여겨졌고, 특히 여성에게 아이를 낳는 일은 선택이라기보다 의무에 가까웠다. 그러나 지금은 다르다. 결혼도, 자녀를 갖는 일도 개인과 부부의 선택이 되었다. 부모가 되지 않기로 결정하는 삶 역시 존중받아야 할 하나의 방식이다.

그럼에도 많은 부부에게 '부모가 된다'는 일은 여전히 자연스러움과 무거움이 동시에 느껴지는 과제다. 부모라는 자리는 축복이지만 결코 가볍지 않다. 육체적·정서적 준비가 필요하고, 삶의 우선순위가 달라지며, 이전과는 다른 책임이 요구된다. 의학의 발달로 신체적 어려움은 어느 정도 보완할 수 있게 되었지만, 마음의 준비는 누구도 대신해 줄 수 없다.

저출생이 사회적 이슈가 된 지금, 국가는 다양한 제도와 지원을 통해 출산과 양육의 부담을 줄이려 노력하고 있다. 그러나 경제적·제도적 여건이 좋아진다고 해서 부모가 되는 선택이 저절로 쉬워지지는 않는다. 부모가 된다는 것은 하나의 '지위'가 아니라, 매일 수행해야 하는 역할이기 때문이다.

학자들은 부모가 되려는 동기를 여러 가지로 설명한다. 가계를 계승하고 싶다는 욕구, 부모가 되고 싶은 내적 바람, 사랑과 애정을 주고 싶은 마음, 심리적 안정감, 자녀를 통한 대리 만족, 부부 관계를 더욱 공고히 하고 싶은 기대, 사회적으로는 어른으로 인정받고 싶은 욕구 등이다. 이 중 무엇 하나만으로 부모가 되기를 결정하기는 어렵다.

부모가 되는 것이 두려운 이유는 다양하지만, 크게 보면 정보의 부족과 역할 부담에서 비롯된다. 출산 자체에 대한 두려움은 정확한 정보와 의료적 도움으로 완화될 수 있다. 반면 부모 역할에 대한 두려움은 '나는 어떤 부모가 될 수 있을까'라는 질문과 맞닿아 있다. 이 질문에 답하기 위해서는 스스로가 원하는 부모상을 먼저 그려볼 필요가 있다.

 부모 역할은 저절로 생기지 않는다

결혼 후 가정을 이루면 대체로 신혼기를 거쳐 자녀 양육기를 경험하고, 이후 자녀 독립기와 부부만의 노년기로 이어진다. 이러한 흐름을 가족학에서는 '가족생활주기'라고 부른다. 모든 가족이 같은 경로를 따르지는 않지만, 대다수의 가정이 시간의 흐름에 따라 비슷한 과제를 경험한다.

자녀를 낳아 키우는 시기는 개인과 가족 모두에게 가장 에너지가 많이 소모되는 시기다. 체력적·정신적 부담이 커지고, 경제적 지출도 증가한다. 사회적으로는 직장에서의 역할과 책임이 커지는 시기이기도 하다. 이 모든 부담이 겹치면서 부모 역할 수행에 어려움을 느끼게 되는 것은 너무나 당연한 일이다.

문제는 우리는 부모가 되는 데 필요한 교육이나 훈련 없이 부모가 된다는 점이다. 대부분의 부모는 '그냥 최선을 다하면 되겠지'라는 마음으로 시작하지만, 곧 한계를 경험한다. 최선을 다했는데도 아이와의 관계가 어렵게 느껴질 때, 부모는 자책하거나 무력감을 느끼기 쉽다.

부모 역할에 대한 부담을 줄이기 위해서는 막연한 불안을 구체적인 질문으로 바꾸는 것이 도움이 된다. 나는 어떤 부모가 되고 싶은가? 지금 이 시기의 아이에게 필요한 부모의 역할은 무엇인가? 내가 감당할 수 있는 범위는 어디까지인가? 이러한 질문에 답을 적어 보는 과정 자체가 부모로서의 준비가 된다.

부모 역할은 타고나는 것이 아니라 배우고 연습하는 것이다. 관심을 갖고 배우는 부모와 그렇지 않은 부모 사이에는 분명한 차이가 생긴다. 부모 교육, 책, 강의, 상담 등 다양한 자원을 활용하는 것은 부족함이 아닌 책임감의 표현이다.

2 아이의 성장 단계에 따라 부모도 달라져야 한다

아이의 발달 단계에 따라 부모에게 요구되는 역할은 달라진다. 같은 방식의 양육이 모든 시기에 효과적일 수는 없다.

영유아기와 아동기 초반의 부모는 보호자이자 양육자다. 이 시기의 아이에게 가장 중요한 것은 안정감과 신뢰다. 일관된 양육 태도, 존중받고 사랑받고 있다는 경험은 아이가 세상을 안전한 곳으로 인식하게 만든다. 동시에 아이가 환경을 탐색하고 스스로 시도해 볼 수 있도록 자율성을 지지해 주어야 한다.

초등학교 시기의 아이는 새로운 환경에서 많은 도전에 직면하게 된다. 규칙과 경쟁, 또래 관계 속에서 자존감이 흔들리기 쉽다. 이 시기의 부모 역할은 격려자다. 결과보다 과정을 인정해 주고, 시도 자체를 칭찬하며, 아이가 자신을 믿을 수 있도록 돕는 것이 중요하다.

청소년기에 접어들면 부모는 더욱 어려운 역할을 맡게 된다. 아이는 자율성을 주장하지만 정서적으로는 여전히 부모를 필요로 한다. 이 시기의 부모에게 요구되는 역할은 상담자다. 조언보다 경청이 필요하고, 통제보다 이해가 우선된다. 아이를 하나의 독립된 인격체로 존중할 때 비로소 대화의 문이 열린다.

정리해 보면, 부모 역할은 아이의 성장에 맞춰 이동한다. 보호자에서 격려자로, 격려자에서 상담자로 옮겨가는 과정이다. 이 변화에 적응하는 일은 쉽지 않지만, 부모 역시 그 과정에서 성장한다.

부모로서 노력하는 시간은 나 자신을 단단하게 만든다. 아이에게 좋은 어른이 되기 위해 고민하고 배우는 과정에서 우리는 인내와 겸손을 배우게 된다. 중요한 질문은 이것이다. 성공은 했지만 행복하지 못한 아이를 키우는 것과 성공해서도 행복한 아이를 키우는 것 중 우리는 무엇을 선택할 것인가. 그리고 훗날 아이가 기억하는 부모의 모습은 어떤 모습이길 바라는가.

2

영아기 부모 교육

"쭈꾸 쭈꾸 쭈꾸야! 쭈꾸 쭈꾸 쭈꾸야!"

"똥 싸도 이쁘고, 오줌 싸도 이쁘고…" 머리가 하얗게 센 할머니가 손녀의 기저귀를 갈아주며 아기의 팔과 다리를 부드럽게 주무른다. 노래를 부르며 팔을 접었다 펴고, 다리를 접었다 펴는 이 단순한 반복 속에는 오랜 양육의 지혜가 담겨 있다. 영아기 부모들은 종종 말한다.

"어떻게 해야 좋은 부모인지 잘 모르겠다"고. 영아기는 다른 어느 시기보다 부모에게 전적으로 의존하여 성장하는 시기다. 태어나 처음 만나는 양육자와의 관계 속에서 아기는 '애착'이라는 정서적 유대감을 형성하고, 이 경험은 이후 전 생애의 관계 형성에 깊은 영향을 미친다.

1 영아기는 '의존의 시기'이자 '관계의 시작'이다

이 시기 아기는 신체적·인지적으로 매우 빠른 성장을 보인다. 어른들이 "자고 나면 큰다"고 말할 만큼 변화가 눈에 띄는 시기다. 폭풍 같은 뇌 성장과 함께, 많은 부모들은 아이를 더 똑똑하게 키우고 싶다는 마음을 갖게 된다. 실제로 태교를 위해 문제집을 풀었다는 이야기, 조기교육 프로그램과 캠프를 찾아다니는 부모들의 모습도 낯설지 않다. 영아기 경험이 아이의 평생 능력의 기초가 된다는 점에서, 이 시기의 부모 역할이 중요하다는 말은 분명 사실이다. 하지만 중요한 질문은 이것이다. "무엇을 얼마나 시켜야 할까?"가 아니라, "관계를 어떻게 맺고 있는가?"이다.

 **2 영아기 뇌 발달의 핵심은 '전두엽'이 아니라 '접촉'이다**

인간다운 성장과 깊이 연관된 뇌의 전두엽은 평생에 걸쳐 서서히 발달한다. 특히 유아기 3~4세 무렵부터 발달이 본격화되어 초등 저학년 시기에 가장 빠른 성숙을 보인다. 그렇다면 영아기 뇌 발달을 위해 부모가 가장 먼저 할 일은 무엇일까?

영아기의 피부는 흔히 '제2의 뇌'라고 불린다. 아기 피부의 신경세포는 풍부한 신경회로를 통해 뇌와 직접 연결되어 있으며, 피부를 통해 전달되는 자극은 다른 감각보다 빠르고 깊게 뇌에 전달된다. 특히 정서와 감정 발달에 중요한 역할을 한다. 그래서 영아기 뇌 발달을 위한 가장 효과적인 방법 중 하나는 '많이 만져주는 것'이다.

3 마사지와 스킨십은 최고의 부모 교육이다

목욕 후 손에 약간의 오일을 바르고 가슴, 팔, 다리, 배를 부드럽게 쓰다듬어 주는 것. 이는 피부 보습을 위한 행동이기도 하지만, 그보다 더 중요한 것은 안정감과 신뢰를 전달하는 접촉이다. 우유를 먹일 때도 마찬가지다. 아기를 가슴에 안아 심장 소리를 들을 수 있게 하고, 머리와 얼굴을 가볍게 만져주며 우유를 먹이는 동안 아이는 자연스럽게 스킨십을 느끼게 된다.

하지만 많은 부모들이 TV를 보며 무심히 먹이곤 한다. 무슨 말을 해야 할지 모르겠다면, 같은 말을 반복해도 괜찮다.

질문 형식으로 말을 걸면 억양이 살아나고, 아기는 부모의 목소리를 통해 정서적 안정감을 느낀다. 아기에게 부모의 목소리는 이미 뱃속에서부터 익숙한, 가장 편안한 소리이기 때문이다.

 ## 4 잘 만지는 부모는 '잘 관찰하는 부모'다

마사지는 단순히 아이를 위한 활동이 아니다. 부모에게도 아기에게 온전히 집중하게 하고, 긴장을 풀며 양육의 즐거움을 느끼게 한다. 부모와 아기의 상호관계를 깊게 만들어 주는 시간이다.

우리 아기는 어디를 만져줄 때 가장 좋아하는가?
어떤 접촉에 몸을 이완하는가, 어떤 자극에는 불편해하는가?
아기의 반응을 관찰하고 해석하려는 이 노력 자체가 이미 좋은 부모 역할이다. 정답을 찾기보다, 내 아이를 알아가는 과정이 영아기 부모 교육의 핵심이다.

3

부모는 아이와 함께 성장한다

다 큰 자식도 부모를 흔든다

"저희 딸이 올해 대학에 입학했습니다. 코로나라는 어려운 시기에 대학생이 돼서, 신입생으로서 누릴 것들을 마음껏 누릴 수 있을지 걱정이 많았습니다. 학교도 집에서 멀리 떨어져 있어 혼자 생활하는 것도 마음에 걸렸고요.

다행히 개강이 시작되면서 학사 일정도 무난히 흘러가는 듯했습니다. 그런데 얼마 전 새벽, 휴대전화가 유난히 크게 울려 잠에서 깼습니다. 이 나이가 되니 밤늦은 시간의 전화는 반갑기보다 두려움이 먼저 앞섭니다. 연로한 부모님도 떠오르고, 멀리 떨어져 있는 딸아이 얼굴도 스칩니다.

전화를 받았는데, 119였습니다. 딸이 넘어져 다쳤고, 술을 마신 상태였다는 말이 이어졌습니다. 남편을 깨워 그 새벽에 응급실로 달려갔습니다. 딸의 얼굴은 멍이 들고 퉁퉁 부어 있었고, 피부는 여기저기 쓸려 있었습니다. 입술은 심하게 부어 있었고, 자세히 보니 앞니까지 깨져 있었습니다.

아니, 술을 마시고 이 지경이라니.
남의 집 자식 이야기로 들을 때는 '어떻게 저렇게 놀 수 있나' 혀를 찼는데, 막상 내 자식의 모습 앞에서는 속상함을 넘어 마음이 무너져 내렸습니다. 이제 성인이 되었으니 간섭하지 않으려 했습니다.

하지만 이건 아니지 않나요?

다 큰 자녀의 생활에 부모는 어디까지 관여해야 할까요?

다시는 이런 일을 겪지 않으려면, 부모는 무엇을 해야 할까요?"

대학생이 된 자녀, 성인이 된 자녀라 해도 부모는 여전히 걱정하고 놀라고 흔들린다. 부모 노릇은 아이가 어릴 때만 어려운 것이 아니다. 아이의 인생 단계가 바뀔 때마다, 부모의 역할도 다시 어려워진다.

2 우리는 자녀에게 어떤 기준을 가지고 있는가

부모는 누구나 자녀에 대해 나름의 기준과 믿음을 가지고 있다. 그것은 기대이자 바람이고, 때로는 부모 자신의 가치관과 자존감이 투영된 기준이기도 하다. 이 사례에서 부모가 가장 먼저 점검해야 할 질문은 이것이다.

"나는 내 자녀에게 어떤 절대적 기준을 가지고 있었을까?"

이 정도로 술을 마시면 안 된다는 생각. 여자는 더 조심해야 한다는 믿음. 다치지만 않았다면 괜찮았을까 하는 기준의 흔들림.

이 질문들은 자녀를 평가하기 위한 것이 아니라, 부모 자신의 신념을 돌아보기 위한 질문이다. 자녀의 행동을 바로잡기 전에, 부모의 기준이 현실적인지, 공정한지 먼저 살펴볼 필요가 있다. 규칙은 필요하다. 그러나 절대적인 규칙이 아니라, 가족의 상황과 자녀의 성장 단계에 따라 조율 가능한 규칙이어야 한다.

3 행동보다 감정이 먼저다

부모가 자녀의 행동을 지적할 때, 자녀는 그 행동 하나만이 아니라 자기 존재 전체가 부정당했다고 느끼기 쉽다. 부모에게 상처받았다고 말하는 자녀들이 가장 많이 하는 말은 이것이다. "제 얘기, 한 번이라도 들어준 적 있나요?"

이 상황에서 부모의 감정 또한 충분히 이해된다. 놀랐고, 걱정됐고, 실망했고, 화도 났을 것이다. 하지만 자녀는 그 복잡한 감정을 알지 못한 채, '또 야단을 맞겠구나'라는 감정부터 느낀다. 그래서 이런 상황에서 필요한 것은 행동에 대한 즉각적인 지적이 아니라, 감정에 대한 공감이다. "많이 놀랐겠다." "무섭기도 했겠구나." 이 한 문장이 대화를 닫는 말이 아니라, 여는 말이 된다.

4 추궁하지 말고, 그대로 되돌려주기

이 단계에서 부모에게 필요한 것은 '해결'이 아니라 '정리'다. 자녀를 몰아붙이거나 결론을 대신 내려주는 것이 아니라, 스스로 생각할 여지를 남겨주는 것이다. 이때 도움이 되는 방법이 미러링, 즉 반복하기다. 판단을 섞지 않고 자녀의 말을 있는 그대로 되돌려주고, 감정을 충분히 받아준다. 그다음에 던질 질문은 이것이면 충분하다.

"다시는 이런 일이 생기지 않으려면, 너는 무엇을 할 수 있을까?"

이 질문은 부모가 통제하는 질문이 아니라, 자녀가 자기 삶에 책임을 지도록 돕는 질문이다. 부모가 대신 결론을 내려주지 않을 때, 자녀는 비로소 자기 삶의 경계를 스스로 설정하게 된다.

이 사례가 전하는 가장 중요한 메시지는 분명하다. 부모는 완성된 존재가 아니라, 아이의 성장에 맞춰 계속 배워가는 사람이라는 것. 영유아기에는 보호자였고, 학령기에는 격려자였고, 청소년기에는 상담자였다면, 성인기로 넘어가는 자녀 앞에서 부모는 한발 물러나는 연습을 하는 사람이 된다.

부모 역시 자녀를 통해 성장한다.
그래서 부모와 자녀의 관계는 누가 가르치고 누가 배우는 관계가 아니라, 함께 배우고 함께 수정해 가는 동행이다.

자녀가 학교에서
친구 관계로 힘들어할 때

놀림, 위축, 관계의 상처 앞에서 부모가 해야 할 일

학교는 아이에게 두 번째 사회다

자녀에게 학교는 단순히 공부하는 공간이 아니라, 또 하나의 사회다. 어른들 역시 업무 자체보다 인간관계에서 더 큰 스트레스를 받듯, 아이들 또한 학업보다 교우관계에서 더 깊은 상처를 경험하는 경우가 많다. 자녀가 학교에서 놀림을 받거나 위축되어 있다는 사실을 알게 되었을 때, 부모에게 가장 먼저 필요한 태도는 침착함이다.

분노한 감정으로 아이를 다그치거나, 성급하게 학교에 연락하고 문제를 키우는 것은 상황을 해결하기보다 오히려 아이를 더 불안하게 만들 수 있다.

2 먼저 상황을 정확히 파악하자

특히 유치원이나 초등학교 저학년의 경우, 놀림이나 따돌림은 환경적인 요인에서 시작되는 경우도 많다.

외모나 위생 상태, 준비물이나 숙제 관리, 교실에서 반복적으로 지적 당하는 경험, 이런 요소들이 아이를 또래 집단에서 약자로 만들기도 한다. 이 경우 부모는 "아이에게 문제가 있다"는 결론을 내리기보다, 부모가 놓치고 있던 돌봄의 영역은 없었는지를 먼저 점검해 볼 필요가 있다. 그러나 요즘의 또래 관계는 훨씬 복잡하다.

놀림을 받는 아이에게만 원인이 있는 것이 아니라, 가해 아이들의 정서·관계 문제에서 비롯되는 경우도 많다. 그래서 부모는 단순히 원인을 단정하기보다, 자녀의 학교생활 전반을 꾸준히 살펴보는 태도가 필요하다.

 **아이가 말하지 않을 때는 이유가 있다**

초등학교 고학년이나 사춘기 시기가 되면 자녀는 힘든 일을 부모에게 쉽게 말하지 않는다. 이때 부모가 흔히 저지르는 실수는 "누가 괴롭혀?", "왜 말 안 했어?"와 같은 직접적인 추궁이다.

아이가 말하지 않는 데에는 이유가 있다. 자존심 때문에 더 약해 보일까 봐 '고자질하는 아이'가 될까 봐, 말한 뒤 더 큰 보복을 당할까 봐 등등.

그래서 이 시기 부모에게 필요한 것은 질문이 아니라 분위기다.
"요즘 OO를 혼자 해내는 걸 보니 정말 많이 자란 것 같아."
"엄마(아빠)는 네가 있어서 참 든든해." 이처럼 결과가 아니라 과정과 존재 자체를 인정해 주는 말은 상처받은 자존감을 회복시키고, 부모가 안전한 사람이라는 신호를 보낸다. 그 신뢰가 쌓여야 아이는 스스로 입을 연다.

 **아이가 말했을 때, 부모의 역할은 '판사'가 아니다**

만약 자녀가 먼저 부모에게 이야기를 꺼냈다면, 그 자체가 이미 도움을 요청한 용기 있는 행동이다. 이때 부모가 가장 먼저 해야 할 말은 조언이 아니라 위로다.

"그동안 얼마나 힘들었을까.", "엄마(아빠)한테 이야기해 줘서 정말 고마워." 이야기를 듣다 보면 부모의 감정은 쉽게 요동친다. 상대 아이가 밉고, 내 아이가 답답하게 느껴질 수도 있다. 그러나 이 순간만큼은 끝까지 듣는 사람이 되어야 한다. 중간에 끼어들지 않기, 평가하거나 비교하지 않기, "그럴 줄 알았어"라는 말하지 않기, 부모가 충분히 공감해 주는 과정만으로도 아이의 상처는 이미 상당 부분 치유된다. 그 후에야 비로소 해결 방법에 대한 대화가 가능해진다.

 **자존감은 집에서 만들어진다**

아이의 또래 관계를 지탱하는 힘은 말 잘하는 기술이나 처세술보다 자존감이다. 부모로부터 존중받고, 노력과 존재를 인정받은 아이는 친구 관계에서도 스스로를 함부로 내주지 않는다. 반대로 집에서 꾸지람과 비난을 더 많이 경험한 아이는 친구 관계에서도 쉽게 위축되고 상처받는다.

가장 가까운 관계인 부모에게서 지지와 신뢰를 경험한 아이만이 학교라는 사회에서도 자신 있게 관계를 맺을 수 있다. 마무리하며 자녀의

친구 관계 문제를 해결하는 가장 강력한 방법은 학교로 달려가는 것이
아니라, 집에서 아이의 마음을 단단하게 만들어 주는 것이 우선이다.

부모가 아이의 편이 되어 줄 때, 아이는 다시 세상으로 나갈 수 있는
힘을 얻는다.

5

청소년 자녀와 소통하기

요즘 중·고등학교의 일상은 시험을 중심으로 돌아간다. 고등학교에 다니는 딸을 데리러 학교에 갔을 때, 교복을 입고 친구들과 이야기를 나누며 삼삼오오 걸어 나오는 모습을 본 적이 있다. 그 모습은 스트레스나 학교폭력, 왕따 같은 단어와는 거리가 멀어 보였고, 오히려 젊음 특유의 활기와 여유가 느껴졌다. 그러나 이 아이들이 바로 '질풍노도의 시기'라 불리는 청소년기 한가운데에 있다.

청소년기는 아동기와 성인기 사이의 과도기로, 갈등과 혼란을 동시에 경험하는 시기다. 자신의 정체성을 형성하고, 성에 대한 관심이 증가하며, 혼자서 모든 것을 해낼 수 있을 것 같은 자기중심성이 발달한다. 부모의 보호에서 벗어나 독립적인 존재가 되고 싶어 하면서도, 한편으로는 여전히 부모에게 의존하는 양가적 태도를 보인다. 이 시기 자녀를 둔 부모라면 한 번쯤은 반드시 듣게 되는 말이 있다.

"내가 알아서 할게."

 **청소년기, 대등함을 요구하는 아이들**

청소년 자녀는 부모와 대등한 위치에서 상호작용 하기를 원한다. 그러나 부모는 자녀와의 가치관 차이, 그리고 대화 기술의 부족으로 인해 독립과 자율을 추구하는 자녀와 갈등을 겪게 된다.

이 시기 자녀들은 치열한 입시 경쟁 속에서 상당한 학업 스트레스를 경험한다. 부모와의 관계가 부정적이거나 소원해질 경우, 사회적으로 독단적이고 반항적인 성향을 보이거나 쉽게 분노하고 자기 통제력이 약화되기도 한다. 일부는 일탈이나 비행으로 이어지기도 한다.

한편, 부모 역시 중년기에 접어들며 또 다른 부담을 안고 있다. 신체적 노화, 노부모 부양, 직장에서의 책임 증가로 인해 스트레스가 많은 시기다. 이처럼 중년기 부모와 청소년 자녀라는 두 발달 단계가 맞물리면서, 가족 갈등은 부부 갈등으로까지 확장되기도 한다.

 ## 2 청소년기의 발달과업, 부모는 조력자이다

청소년 자녀의 발달을 돕기 위해 부모는 먼저 이 시기에 자녀가 수행해야 할 '발달과업'을 이해할 필요가 있다. 헤비거스트는 청소년기의 발달과업으로 다음을 제시한다.

1. 자신의 신체적 변화를 이해한다.
2. 건강한 이성 관계를 확립한다.
3. 남성과 여성의 사회적 성역할을 학습한다.
4. 부모와 성인으로부터 정서적 독립을 시도한다.
5. 경제적 독립의 필요성을 습득한다.
6. 자신의 직업을 선택하고 준비한다.
7. 행동의 기준이 되는 가치관과 윤리체계를 형성한다.

부모는 이 과업을 대신 수행해 주는 존재가 아니라, 자녀가 스스로 완성해 갈 수 있도록 돕는 조력자가 되어야 한다.

 **3 통제를 줄이고, 역할을 재협상하다**

청소년기에는 부모와 자녀 간의 역할과 규칙을 다시 협상할 필요가 있다. 예를 들어, 아침마다 부모가 깨워주던 자녀에게 등교 시간에 맞춰 스스로 일어날 시간을 정하고 알람시계를 활용하도록 맡겨볼 수 있다.

이러한 작은 변화는 자녀에게 자신의 삶을 스스로 통제하고 있다는 감각을 준다. 부모는 자녀를 개별적이고 자율적인 존재로 인식하며, 관계의 방식을 재조정해야 한다. 이는 곧 부모가 통제를 줄여나갈 수 있는 가정환경을 만들어가는 과정이기도 하다.

4 자아존중감을 키우는 부모의 말

자녀의 자아존중감을 강화하는 것은 이 시기 부모의 중요한 역할 중 하나다. 가정에서 반복적으로 경험하는 부정적인 평가는 자녀의 자아존중감을 낮추는 가장 큰 요인이 된다.

반대로, 지지와 격려 중심의 부모 의사소통은 자녀의 자아존중감을 높인다. 결과 중심의 칭찬보다는 노력의 과정에 주목한 구체적인 칭찬이 필요하다. 이러한 말은 자녀에게 '영혼 있는 칭찬'으로 받아들여지며, 스스로를 가치 있는 존재로 인식하게 만든다.

5 한계설정과 부모의 권위

부모는 자녀에게 반드시 지켜야 할 한계를 분명히 설정해야 한다. 한계설정이란 자녀에게 기대하는 규칙을 명확히 알리는 것으로, 자녀의 특성과 과거의 선택을 고려해 최소한으로 정하는 것이 바람직하다.

용돈, 성적, 가사 분담, 귀가 시간, 이성 교제와 같은 영역에서의 규칙은 자녀의 행동 범위를 설정하는 데 필요하다. 부모가 일관되게 규칙을 적용할 때, 부모로서의 권위도 유지된다. 특히 중요한 가치와 관련된 사안에 대해서는 엄격한 제한과 단호한 전달이 필요하다.

6 언쟁보다는 경청

이 시기 부모는 자녀와의 언쟁을 최소화해야 한다. 언쟁 과정에서 자제력을 잃은 모습을 보이는 것은 반드시 피해야 한다. 기성세대에 비판적인 청소년에게 부모의 말은 쉽게 잔소리로 들릴 수 있다.

부모와의 언쟁이 자녀를 변화시킬 것이라는 기대는 내려놓는 것이 좋다. 대신 먼저 경청하는 태도가 필요하다. 충분히 들어주는 경험은 자녀로 하여금 '부모가 나에게 관심을 가지고 있다'고 느끼게 하며, 관계 회복의 출발점이 된다.

6

사춘기 자녀와의 소통을 위한 고행

십 대 자녀와의 소통은 말 그대로 고행에 가깝다. 청소년기를 흔히 '질풍노도의 시기'라고 부르는데, 이 시기의 부모들을 만나보면 하나같이 "아이 키우기 너무 힘들다"는 말을 한다. 그러나 곰곰이 생각해 보면 자녀를 키우는 과정 중 편안한 시기가 과연 있었을까. 임신 기간조차 입덧이라는 이름의 고행이 있었으니, 부모의 삶에서 '속 편한 시기'란 애초에 없었던 것인지도 모른다.

 문제아인가?_부모 점검부터

"우리 아이가 문제예요"라고 말하는 부모들에게 먼저 묻고 싶다. 나는 어떤 부모인가, 나의 양육 방식은 어떤 스타일인가.

자녀에게 문제가 있다고 느껴지는 이유 중 상당수는 자녀의 성향과 기질이 부모와 잘 맞지 않기 때문이다. 이럴 때 우리는 자녀를 문제로 규정하기 쉽다. 그러나 부모는 자녀를 교육하고 양육하는 존재이지, 자녀가 부모를 교육하는 존재는 아니다. 아이를 탓하기 전에, 부모가 먼저 자녀의 성향과 기질에 맞는 환경을 제공하고 있는지 점검해 볼 필요가 있다.

어떤 학자는 청소년기를 '호르몬이 솟구치는 시기'라고 표현했다. 이 말만큼 청소년기를 잘 설명하는 정의도 드물다. 이 시기 아이들은 외모에 민감해지고, 신체적으로 성별 특징이 뚜렷해지며 아동기의 몸에서 성인의 신체로 넘어간다. 이를 우리는 이차 성징이라고 부른다.

문제는 몸은 성인의 형태를 갖추었지만, 감정과 판단 능력은 아직 그 수준에 이르지 못했다는 점이다. 뇌 역시 전두엽이 완전히 발달하지 않은 상태이기 때문에 계획, 정리, 자기조절이 미숙하다. 짐을 제대로 챙기지 못하고, 숙제를 마무리하지 못하고, 방 정리가 늘 엉망인 이유가 여기에 있다.

3 청소년기의 뇌와 감정

청소년기에는 잘못된 의사결정을 하기도 한다. 위험한 행동을 하면서도 '나는 괜찮을 거야'라고 생각하는 자기중심성이 강하다. 의학 연구에 따르면 이는 청소년기의 뇌 발달 특성과 깊은 관련이 있다.

성인은 정보를 해석할 때 논리와 판단을 담당하는 전두엽을 주로 사용하지만, 청소년은 감정의 중추인 편도체를 중심으로 반응한다. 그래서 청소년의 말과 행동은 유난히 감정적이고 직선적으로 보인다. 우리가 무심코 바라보기만 해도 '나를 싫어하나?'라고 느끼며 부정적으로 반응하는 이유다.

청소년은 자율을 원하지만 완전한 독립을 원하지는 않는다. 의존적이면서도 독립적인 존재로 대우받기를 원한다. 이 모순이 바로 '질풍노도'라는 이름으로 설명되는 시기의 본질이다.

 4 양육스타일 점검

청소년을 양육하는 부모의 스타일은 어떠한가. 한 부모는 자녀가 부모에게 무례하게 행동해도 개입하지 않았다. 이유를 묻자 "친구 같은 부모가 되고 싶어서"라고 답했다. 하지만 정작 중요한 결정에서는 '내가 곧 법이다'라는 태도를 보이고 있었다.

자존감을 키워 주고 사회적 책임감을 길러 주는 양육은 바람직하다. 그러나 그것은 반드시 일관성 위에서 이루어져야 한다. 자녀의 의견을 묻지 않은 채 부모의 생각만을 정답으로 강요한다면, 아이는 존중받고 사랑받고 있다고 느끼기 어렵다.

5 부모의 선택_세 가지

십 대 자녀가 "술을 마셔 보고 싶다"고 말한다면 어떻게 반응할 것인가.

- 권위적 양육

  안 된다고 단호히 말하고 더 이상 이야기하지 못하게 한다
- 허용적(방임·관대형) 양육

  이해한다며 술을 사 준다

- 민주적 양육

  자녀의 마음은 이해하되, 부모의 판단으로 허락할 수 없음을 분명히 말한다

 6 야단쳐야 할 때_변학도를 기억하자

청소년 자녀가 부모의 '화 버튼'을 눌렀을 때, 논리적 설명이나 잔소리, 논쟁은 거의 효과가 없다. 부모는 전두엽으로 말하고, 자녀는 편도체로 듣고 있기 때문이다.

이럴 때 기억하면 좋은 원칙이 있다. '변학도' 3원칙이다.

1. 변명은 충분히 들어준다. 이해하며 끝까지 듣는다.
2. 학부모가 하고 싶은 말을 한다. 비난이 아닌 상황과 바람을 말하고, 안 되는 것은 단호히 말한다.
3. 도(되)돌아서서 나온다. 힘겨루기에 응하지 않는다.

논쟁의 마침표를 부모가 찍는 이 방식은 십 대 자녀를 다룰 때 가장 현실적인 선택이 될 수 있다.

7 사춘기라는 증상

감기에 걸리면 콧물과 기침이 나온다. 우리는 그것을 증상이라고 부른다. 마찬가지로 논리적이지 않고, 고개를 절레절레 흔들며 감정적으

로 반응하는 것은 사춘기의 증상이다.

중요한 것은 이 증상으로 부모가 상처받지 않는 것이다. 관계를 망치지 않고, 증상이 지나간 뒤 다시 회복할 수 있는 작은 불씨를 남겨 두는 것이 필요하다.

8 규칙은 함께 정한다

"엄마가 해준 게 뭔데?", "아빠랑은 말이 안 통해.", "내가 알아서 할게요."라는 말이 잦아졌다면 사춘기가 시작되었다는 신호다. 초기에는 논리가 통하지 않지만, 후반기로 가면 타협과 조율이 가능해진다. 그래서 규칙과 벌, 보상은 부모 혼자 정하지 말고 반드시 자녀와 함께 정해야 한다.

중학교 2학년 아들이 방과 후부터 밤까지 게임만 한다면 어떻게 하겠는가. 자녀와 먼저 타협을 시도해 보자.

"아빠는 네 건강과 생활이 걱정돼. 하루에 게임을 어느 정도 하는 게 좋을까?"

"3일 동안 약속을 지키면 ○○를 해 주겠다."
기간은 짧게, 보상은 자녀가 좋아할 만한 것으로 정한다. 성공을 자주 경험하게 하고, 충분히 칭찬한다. 성공의 폭은 천천히 넓혀 간다.

아이들은 아빠에게 '기·승·전·나'라는 별명을 붙이는 경우도 있다. 아이가 이야기를 하면 결국 아빠 자신의 경험으로 결론을 내리기 때문이다. "나 때는 말이지…", "나 같으면 OOO 했을 것이다" 등.

자녀에게 필요한 것은 부모의 인생 조언이 아니라 공감이다. 머리로 이해하는 공감이 아니라, 가슴으로 함께 느끼는 공감이다. 해결책은 공감 이후에 함께 찾아가면 된다. 사춘기 자녀와의 소통은 고행이지만, 이 고행은 관계를 단단하게 만드는 시간일 수도 있다.

7

사춘기 자녀와 갱년기 부모

부모의 말 한마디는 자녀의 성장에 깊은 흔적을 남긴다. 자녀의 생애주기에 따라 부모의 역할은 달라지며, 그 역할은 결코 단순하지 않다. 영·유아기에는 애착 형성이 가장 중요하다. 이 시기 부모에게 요구되는 것은 무엇보다 일관성이다. 삶이 늘 평탄하지 않다는 사실을 알면서도, 환경과 감정의 흔들림 속에서 자녀에게 안정과 신뢰를 주는 일은 어쩌면 수행에 가깝기도 하다.

2 청소년기라는 풍경

중학교 앞을 지날 때면 교복을 입고 삼삼오오 웃으며 걸어 나오는 아이들의 모습이 유난히 평화로워 보인다. 그 모습만 보면 문제는 전혀 없어 보인다. 그러나 이 시기의 아이들은 혼란과 책임, 불안과 기대라는 상반된 감정을 동시에 경험하고 있다.

일반적으로 청소년 시기의 자녀들은 부모에게 대등한 존재로 대접받기를 원하는 반면 부모의 눈에는 아직 미숙하고 판단이 부족해 보인다. 가치관의 차이, 대화 방식의 차이는 갈등으로 이어질 수밖에 없다. 여기에 입시 경쟁으로 인한 학업 스트레스, 바쁜 일상 속에서 점점 소원해지는 가족 관계가 더해진다.

 **3 갱년기 부모의 현실**

이 시기 부모 역시 쉽지 않다. 흔히 사춘기보다 더 무섭다고 말하는 갱년기를 지나고 있다. 신체적 노화를 경험하고, 노부모 부양의 책임을 지며, 직장에서는 여전히 핵심 역할을 수행해야 한다. 동시에 능력 있고 간섭을 싫어하는 젊은 세대 사이에서 자격지심을 느끼고, '꼰대'라는 말에 상처받으며 버티는 세대이기도 하다.

이처럼 청소년기 자녀와 중년기 부모가 동시에 불안정한 시기를 통과할 때, 가족 갈등은 쉽게 불화로 번진다. 거창한 해법보다 현실적인 지향점이 필요한 이유다.

4 지향점 하나_협상가가 되다

사춘기 자녀를 대할 때 첫 번째 지향점은 '통제자'가 아니라 '협상가'가 되는 것이다. 사춘기 자녀는 고객이라는 표현이 어색하지만, 관계를 설명하기에는 꽤 적절하다.

예를 들어 매일 아침 깨워주던 자녀에게 등교 시간에 맞춰 일어날 시간을 스스로 정하게 하고, 알람을 활용하도록 돕는 것이다. 이는 방임이 아니라 자율을 연습시키는 과정이다. 자녀가 자신의 삶에 대한 통제감을 느끼고, 의사결정과 책임을 경험하도록 관계를 재조정해야 한다. 부모는 서서히 통제의 눈과 입을 내려놓는 연습을 해야 한다.

5 지향점 둘_존중으로 대접하다

두 번째 지향점은 존중이다. 부모는 자녀의 자아존중감을 키워 주는 사람이어야 한다. 자존심과 자존감은 다르다. 자존심은 외부 자극에 따라 쉽게 상하고 회복되지만, 자존감은 자신의 존재 가치를 스스로 존중하는 깊은 감정이다.

자존감은 하루아침에 만들어지지 않는다. 오랜 시간 가정 안에서 존중받아 온 경험이 쌓여 형성된다. 부모의 반복적인 부정적 평가는 자녀의 자아존중감을 약화시키는 주요 요인이 된다. 반대로 지지와 존중이 담긴 의사소통은 자녀가 스스로를 긍정적으로 바라보게 만드는 토대가 된다.

6 지향점 셋_논쟁을 멈추고 듣다

마지막 지향점은 '논쟁하지 말고 듣는 것'이다. 사춘기 자녀와의 언쟁은 얻는 것보다 잃는 것이 많다. 감정이 격해진 상태에서의 대화는 잔소리로 들릴 뿐이다.

그동안 말해도 듣지 않았던 아이가, 같은 말을 몇 번 더 한다고 달라지지는 않는다. 이 시기에는 말하기보다 듣는 것이 중요하다. 충분히 들어주는 태도는 자녀에게 '나는 관심받고 있다'는 메시지를 전달하고, 이는 사랑받고 있다는 기본 감정으로 이어진다.

부모 역할은 연금이다

나는 부모 역할을 '연금을 붓는 일'에 비유하곤 한다. 매달 보험료를 내는 일은 버겁고, 때로는 해약하고 싶은 유혹도 든다. 그러나 꾸준히 납입한 연금은 언젠가 그 혜택이 돌아온다.

부모 역할도 마찬가지다. 잘 수행하려고 애쓴 시간은 언젠가 돌아온다. 그것이 금전적 보상일 수도 있고, 주변의 부러움일 수도 있겠다. 그러나 내가 생각하는 최고의 만기 수익은 자녀가 스스로 삶을 책임질 수 있게 되었을 때 찾아오는 중·장년기의 평온함이다. 자식 농사를 잘 짓는다는 것은 명문대 진학이나 높은 연봉을 의미하지 않는다. 사회적으로 성공한 사람 중에서도 인성의 부재로 비난받는 사례를 우리는 수없이 보아 왔다. 그럴 때 자녀뿐 아니라 부모의 역할까지 함께 질문받는다.

거창한 성공도 좋겠지만 대부분의 부모는 자녀가 부모 속 썩이지 않고 스스로 건강하게 살아가길 바란다. 이 소박한 바람 역시 노력 없이는 이루어지지 않는다. 부모됨은 타고나는 것이 아니라, 배우고 연습하며 지속적으로 다듬어 가는 역할이기 때문이다.

8

자녀의 또래관계

자녀에게 학교는 제2의 사회생활이다. 어른들 역시 직장생활에서 업무보다 인간관계로 인해 더 큰 스트레스를 받듯이, 자녀 또한 학업 스트레스 못지않게 또래관계에서 많은 부담을 느낀다. 친구들과 어울리지 못하거나 놀림을 받는다는 사실을 알게 되는 순간, 부모의 마음은 쉽게 무너진다. 학교라는 공간 전체가 원망스럽고, 누군가에게 책임을 묻고 싶은 마음이 치밀어 오르기도 한다. 이 감정 자체가 비정상은 아니다. 부모라면 누구나 겪을 수 있는 반응이다.

2　분노가 앞설 때, 문제는 커진다

자녀의 또래 관계 문제 앞에서 부모는 쉽게 분노한다. 담임교사, 학교의 운영 방식, 교육 제도, 심지어 상대 아이와 그 부모까지 원망의 대상이 된다. 과거 일부 학부모의 과도한 항의와 압박으로 인해 비극적인 선택을 한 교사의 사례는, 자녀를 보호하려는 마음이 잘못된 방식으로 표출될 때 얼마나 큰 상처를 남길 수 있는지를 보여준다. 중·고등학교로 갈수록 부모의 직접 개입이 줄어드는 이유 역시 여기에 있다. 감정적인 개입은 오히려 자녀에게 또 다른 부담이 될 수 있기 때문이다. 침착함이 개입의 출발점이다

자녀가 또래관계에서 어려움을 겪고 있을 때, 부모에게 가장 먼저 요구되는 태도는 침착함이다. 충분한 사실 확인 없이 학교를 찾아가거나 교사에게 전화를 하는 행동은 문제를 키울 가능성이 크다. 먼저

상황을 정확히 파악하고, 자녀와 함께 어떻게 접근할지 대화하는 과정이 필요하다. 해결보다 앞서는 것은 이해이며, 행동보다 앞서는 것은 공감이다.

 3 또래 갈등의 원인은 단순하지 않다

유치원이나 초등 저학년 시기의 또래 갈등은 환경적 요인에서 비롯되는 경우가 많다. 개인위생 관리, 준비물, 숙제와 같은 일상적인 요소들이 친구 관계에 영향을 미치기도 한다. 부모의 돌봄 여건이 학교생활 전반에 영향을 주는 경우도 있다. 그러나 그렇다고 해서 놀림을 받는 아이에게만 문제가 있는 것은 아니다. 가해 아동의 문제이거나 집단 내 역동의 결과일 수도 있다. 또래관계는 단순히 가해자와 피해자로 나뉘지 않는, 복잡한 관계의 문제다.

청소년기에 접어들면 자녀는 또래관계의 어려움을 부모에게 쉽게 털어놓지 않는다. 자존심 때문일 수도 있고, 부모를 걱정시키고 싶지 않아서일 수도 있으며, 스스로 해결해 보고 싶은 마음 때문일 수도 있다. 이때 부모가 "누가 그랬어?", "왜 가만히 있었어?"와 같은 질문을 쏟아내면, 자녀는 더 입을 닫게 된다. 말하지 않는 선택에도 나름의 이유가 있다는 점을 부모는 존중해야 한다.

4 지켜보되, 방임하지 않는다

부모는 아는 척하지 않으면서도 자녀에게 분명한 메시지를 전달해야 한다. "나는 네 학교생활에 관심이 있고, 네가 원할 때 함께 방법을 찾아볼 준비가 되어 있다"는 신호다. 이는 방임과는 다르다. 신뢰를 바탕으로 한 지켜봄이다. 자녀는 부모가 모든 것을 통제하지 않으면서도, 결코 무관심하지 않다는 사실을 느낄 때 마음을 연다.

또래관계에서의 어려움은 자존감을 빠르게 낮춘다. 반복되는 소외와 놀림은 자신을 부정적으로 바라보게 만들고, 심한 경우 삶 자체를 힘겹게 느끼게 한다. 이 시기 자녀에게 가장 큰 힘이 되는 존재는 부모다. 청소년은 독립을 원하지만, 심리적으로는 여전히 부모에게 의지하고 있다. 평소보다 말수가 줄거나 표정이 어두워졌다면, 그 변화 자체를 신호로 받아들여야 한다.

5 말해주었다면, 그것은 도움 요청이다

자녀가 부모에게 먼저 이야기를 꺼냈다면, 그것은 분명한 도움 요청이다. 이때 부모는 해결책보다 공감부터 건네야 한다. "얼마나 힘들었을까"라는 말 한마디가 자녀의 마음을 풀어준다. 이야기를 듣다 보면 분노가 올라올 수 있지만, 평가와 비난은 자녀를 다시 침묵하게 만든다. 충분히 들어주고 이해받았다고 느낄 때, 자녀는 비로소 부모의 조언을 받아들일 준비가 된다.

부모의 역할은 모든 문제를 대신 해결해 주는 것이 아니다. 그렇다고 아무것도 하지 않는 것도 아니다. 자녀가 스스로 관계를 회복해 갈 수 있도록 곁에서 방향을 잡아주는 조력자가 되어야 한다. 필요하다면 학교와의 소통이나 외부의 도움을 함께 고민할 수 있다. 중요한 것은 부모의 불안을 해소하기 위한 개입이 아니라, 자녀의 회복과 성장을 중심에 두는 것이다.

6 또래관계를 버티는 힘은 가정에서 자란다

자녀가 건강한 또래관계를 맺기 위해 필요한 것은 높은 말솜씨나 눈치가 아니라 자존감이다. 그리고 이 자존감은 가정에서 형성된다. 부모로부터 존중받고 지지받은 경험이 있는 아이는 관계 속에서도 쉽게 무너지지 않는다. 학교에서의 관계는 흔들릴 수 있지만, 언제든 돌아갈 수 있는 안전한 가정이 있을 때 자녀는 다시 사람들 사이로 나아갈 용기를 얻는다. 또래관계를 견디는 힘은 결국 가정에서 길러진다.

9

자녀 기질과 부모 양육유형

 요즘 아이들, 우리가 알던 아이들과 다르다

부모의 역할에는 자녀가 사회 속에서 건강하게 살아갈 수 있도록 돕는 교육자이자 훈육자의 역할이 포함된다. 그런데 요즘 부모들은 종종 이런 질문 앞에 선다. "내가 자랄 때와 지금 아이들은 왜 이렇게 다를까?"

2010년대 이후 태어난 아이들을 흔히 알파 세대라고 부른다. 저출생 시대에 태어나 형제자매가 드물고, 코로나 시기를 겪으며 마스크 속에서 관계를 배우고 비대면 수업을 처음 경험한 세대다. 이들은 얼굴을 마주하고 대화하기보다 문자나 채팅에 익숙하고, 표정이나 비언어적 신호를 읽는 데 서툴러 보이기도 한다. 또한 부모뿐 아니라 조부모, 친인척까지 여러 '포켓'의 사랑을 받으며 자란 귀한 세대이기도 하다. 이처럼 자녀가 살아가는 환경이 부모 세대와 크게 달라진 만큼, 과거의 기준으로 아이를 이해하고 키우는 데에는 분명한 한계가 있다. 지금 우리에게 필요한 것은 '정답 양육'이 아니라, 내 아이의 기질을 이해하고 그에 맞게 부모 스스로를 조정해 가는 태도일 것이다.

2 아이마다 다른 기질, 문제라기보다 출발점이다

아이들의 타고난 성향을 흔히 '기질'이라고 부른다. 토마스와 체스는 아이들의 기질을 크게 세 가지로 설명했다. 순한 아이, 까다로운 아이, 그리고 느린 아이다.

순한 아이는 부모의 눈에 '키우기 편한 아이'로 보이기 쉽다. 말을 잘 듣고 요구가 적으며 큰 문제를 일으키지 않는다. 그러나 요구하지 않는다고 해서 욕구가 없는 것은 아니다. 오히려 조용한 아이일수록 부모의 관심과 배려를 덜 받기 쉽다. 순한 아이를 키우는 부모라면 아이의 작은 신호에도 귀 기울이고, 표현되지 않은 마음을 읽으려는 노력이 필요하다.

까다로운 아이는 좋고 싫음이 분명하고 요구도 많다. 부모는 아이의 반응에 맞춰 허락했다가 거절했다가를 반복하며 일관성을 잃기 쉽다. 이럴수록 중요한 것은 원칙이다. 무조건 맞춰주기보다, 정해진 기준 안에서 설명하고 조율하는 경험을 통해 아이는 스스로를 조절하는 법을 배운다.

느린 아이는 결정과 행동에 시간이 오래 걸린다. 변화에 약하고 스트레스를 받으면 복통이나 두통 같은 신체 증상으로 표현하기도 한다. 부모는 답답함에 재촉하거나, '의지가 없다'고 오해하기 쉽다. 그러나 느린 아이는 능동적으로 표현하는 데 시간이 더 필요한 아이일 뿐이다. 이런 아이에게는 기다림, 반복되는 루틴, 충분한 시간이 무엇보다 중요하다. 부모의 조급함이 아이의 가능성을 가로막고 있지는 않은지 돌아볼 필요가 있다.

3 부모의 양육 태도, 아이를 키우는 또 하나의 환경

아이의 기질만큼 중요한 것이 부모의 양육 태도다. 발달심리학자 다이애나 바움린드는 부모의 양육을 애정과 통제라는 두 축으로 설명했다. 허용형 부모는 애정 표현은 많지만 제한은 적다. 아이의 요구를 잘 들어주지만, '안 되는 것'에 대한 기준이 분명하지 않다. 이런 환경에서 자란 아이는 제한이 있는 상황에 적응하는 데 어려움을 겪을 수 있다. 사회는 늘 나를 중심으로 돌아가지 않는다는 사실을 배우지 못한 채 성장하기 때문이다.

억압형 부모는 통제는 많지만 애정 표현이 적다. 부모의 말은 곧 규칙이고, 아이는 복종해야 한다고 느낀다. 이 경우 아이는 자율성과 선택의 경험이 부족해지고, 스스로 결정하고 책임지는 힘이 약해질 수 있다. 자율형 부모는 애정과 통제의 균형을 이룬다. 아이의 감정을 공감하면서도 필요한 한계는 분명히 제시한다. 설명과 대화를 통해 규칙을 이해시키고, 아이가 스스로 조절할 기회를 준다. 많은 부모가 지향하지만 실천하기 가장 어려운 유형이기도 하다.

방임형은 부모의 역할이 거의 부재한 경우다. 관심도, 기준도 없는 환경에서 아이는 정서적 안전감을 얻기 어렵다. 이는 가장 경계해야 할 양육 태도다.

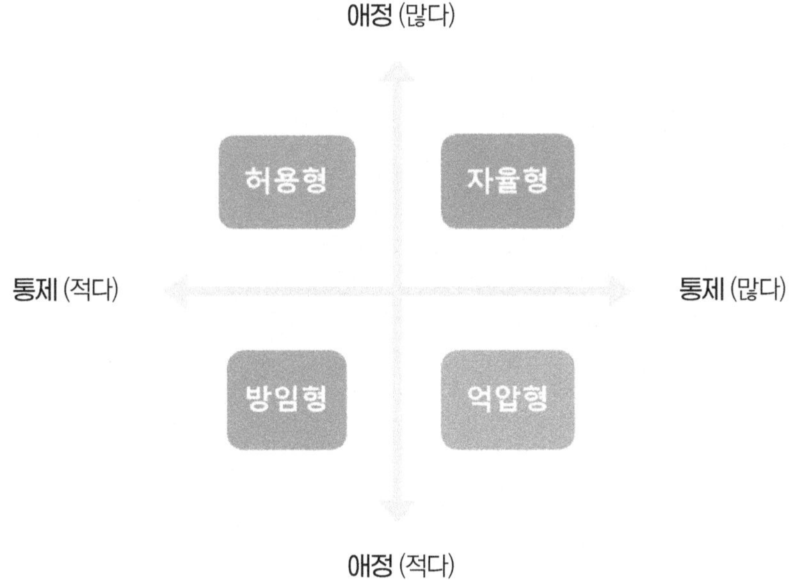

부모의 양육 태도는 애정과 통제라는 두 축 위에서 균형을 찾아가는 과정이다. 중요한 것은 어느 유형에 속하느냐가 아니라, 내 아이에게 지금 어떤 조율이 필요한지를 아는 일이다.

 4 중요한 것은 '유형'이 아니라 조율이다

부모의 양육 유형은 고정된 성격이 아니라, 상황과 아이에 따라 달라질 수 있다. 중요한 것은 어떤 유형에 속하느냐가 아니라, 내 아이의 기질과 지금의 부모 태도가 잘 맞고 있는지를 점검하는 일이다.

같은 방식의 양육이라도 아이에 따라 전혀 다른 결과를 낳는다. 그래서 좋은 부모란 완벽한 부모가 아니라, 아이를 보며 스스로를 조정할 줄 아는 부모다. 조금 느린 아이에게는 기다림을, 표현이 많은 아이에게는 기준을, 순한 아이에게는 더 많은 관심을 건네는 것. 그 작은 조율이 아이를 살리고, 부모 자신도 덜 지치게 만든다.

자녀를 바꾸려 하기보다, 부모의 속도를 조절하는 것. 그것이 기질을 이해하는 양육의 출발점일 것이다.

10

스마트폰과 자녀양육

 **사줄 것인가, 말 것인가의 문제가 아니다**

"아이를 위해서 사주는 게 맞을까요, 아니면 아직은 아닌 걸까요?" 초등학교 입학을 앞두거나 막 입학한 자녀를 둔 부모들이 가장 많이 고민하는 질문 중 하나가 바로 스마트폰이다. 맞벌이 가정에서 아이의 하루 동선이 길어질수록 부모의 불안도 커진다. 연락이 되면 안심이 될 것 같고, 혹시 모를 상황에 대비할 수 있을 것 같다는 생각이 든다. 반면 너무 이른 스마트폰 사용이 아이를 화면 속으로 가둬버릴까 봐 걱정도 된다.

이 갈등은 어느 한쪽이 틀려서 생기는 문제가 아니다. 스마트폰은 이미 아이들의 생활 속에 깊숙이 들어와 있고, 동시에 가장 경계해야 할 대상이기도 하다. 그래서 중요한 질문은 '사줄까 말까'가 아니라, '어떤 준비가 되었을 때, 어떤 방식으로 사용할 것인가'이다.

너무 빠른 노출이 아이에게 남기는 것들

식당이나 공공장소에서 아기 의자에 앉아 스마트폰이나 태블릿 화면을 바라보고 있는 아이들을 쉽게 볼 수 있다. 우리나라는 아주 어린 시기부터 디지털 기기에 노출되기 쉬운 환경이다. 각종 조사에서도 아동·청소년의 스마트폰 과의존 위험은 계속 경고되고 있고, 첫 사용 연령은 점점 더 낮아지고 있다. 자극적이고 빠른 영상에 익숙해질수록 아이는 정적인 활동에 집중하기 어려워진다. 그림책을 넘기거나, 스스로 상상하며 노는 시간이 줄어들고, 짧은 영상조차 지루해하며 넘겨보는 모습도 흔해졌다. 특히 만 3세 이전의 아이들에게 과도한 전자기기 노출은 애착 형성과 사회성 발달에 부정적인 영향을 줄 수 있다. 이 시기의 아이들은 화면이 아니라 사람의 얼굴과 반응 속에서 관계를 배워야 하는 시기이기 때문이다.

 **3 언제가 적절한 시기일까, 정답은 없다**

부모가 먼저 스마트폰을 사주는 것이 늘 바람직한 선택은 아니다. 아이가 원한다고 해서, 주변에서 다 사용한다고 해서 곧바로 필요해지는 것은 아니다. 중요한 것은 아이가 스마트폰을 사용할 이유가 분명한지, 그리고 스스로를 어느 정도 조절할 준비가 되어 있는지를 살펴보는 일이다.

고학년이 되면 교우관계나 학급 소통이 메신저를 중심으로 이루어지는 현실도 무시할 수 없다. 이때는 원하지 않아도 스마트폰이 필요한 상황이 오기도 한다. 연락과 안전이 목적이라면, 처음부터 모든 기능을 허용하기보다 필요한 기능만 제한적으로 사용할 수 있는 방식도 고려해 볼 수 있다. 스마트폰은 '일찍 주는 것'보다 '어떻게 주는가'가 훨씬 중요하다.

4 규칙과 모델링, 그리고 함께하는 시간

스마트폰을 사용하기로 했다면 가장 먼저 해야 할 일은 규칙을 정하는 것이다. 이 규칙은 부모가 일방적으로 정하기보다, 자녀와 함께

협의하며 만들어야 한다. 이용 시간, 사용 장소, 식사 시간의 사용 여부처럼 기본적인 원칙을 정하되, 부모가 왜 염려하는지 충분히 설명하는 과정이 필요하다.

가족이 함께 식사하는 시간에는 스마트폰을 내려놓고 대화를 나누는 규칙, 사용 중에는 중간중간 몸을 움직이고 쉬는 규칙처럼 생활 속에서 실천 가능한 약속이 좋다. '언제나', '반드시'와 같은 지나치게 경직된 규칙보다는 상황에 따라 조정할 수 있는 유연함도 필요하다. 약속을 지켰을 때는 칭찬과 격려를 통해 아이가 스스로 조절할 수 있다는 효능감을 느끼게 해 주는 것이 중요하다.

무엇보다 중요한 것은 부모의 모습이다. 스마트폰 사용을 줄이라고 말하면서 부모는 늘 화면을 들여다보고 있다면, 그 말은 설득력을 잃는다. 부모가 먼저 절제된 사용을 보여주고, 스마트폰보다 더 재미있고 의미 있는 활동을 함께 제안할 때 아이는 자연스럽게 다른 선택지를 경험하게 된다.

아이를 화면 앞에 혼자 두지 않는 것, 심심함을 견딜 수 있도록 곁에 있어 주는 것, 그리고 함께 웃고 놀 수 있는 시간을 만들어 주는 것. 그것이 스마트폰 시대에 부모가 해 줄 수 있는 가장 현실적인 양육일지도 모른다.

꾸중·칭찬·사과는 하나의 언어다

 문제 행동을 보기 전에, 삶의 맥락을 읽는다

아이의 문제 행동은 결과이지 원인이 아니다. 꾸중은 행동을 멈추게 하기 위한 도구가 아니라, 왜 그런 행동이 나타났는지를 함께 살피는 과정에서 시작된다. 아침마다 반복되는 등원·등교 전쟁 역시 '늦잠'이라는 결과만 보면 끝없이 야단칠 수밖에 없지만, 그 이면에는 늦은 취침, 과도한 스마트폰 사용, 무너진 생활 리듬이라는 맥락이 존재한다.

원인을 보지 못한 채 결과만 꾸짖으면 상황은 반복되고, 아이는 '이해받지 못한다'는 감정을 쌓아간다. 효과적인 꾸중이란 아이를 통제하는 말이 아니라, 생활을 함께 조정하자는 제안에 가깝다. 부모가 먼저 아이의 하루를 관찰하고, 바꿀 수 있는 지점을 함께 찾을 때 훈육은 갈등이 아니라 협력이 된다.

 훈육의 출발점은 행동이 아니라 감정이다

부모가 무의식적으로 사용하는 꾸중의 방식에는 일정한 패턴이 있다. 비난하기, 경멸하기, 방어하기, 담쌓기와 같은 말과 태도는 순간적으로는 부모의 분노를 해소할 수 있지만, 관계를 단절시키는 방향으로 작동한다. "왜 항상 그러니?", "네가 문제야", "말해봐야 소용없다"는 표현은 아이의 마음을 닫게 만든다.

존 가트만이 제시한 '감정 코칭'은 훈육의 방향을 바꾼다. 먼저 아이의 감정을 읽고 공감한 뒤, 지켜야 할 한계와 규칙을 분명히 전하는 것이다. "일어나기 정말 힘들겠구나"라는 말 뒤에 "그래도 약속한 시간은 지켜야 해"라고 말하는 방식이다. 이때 중요한 것은 부모와 아이가 대립 관계가 아니라 같은 편이라는 메시지를 분명히 전하는 것이다.

 ## 3 갈등은 피해야 할 사건이 아니라 배움의 기회다

형제간 다툼이나 분노가 폭발한 상황에서 부모는 종종 '조용히 시키는 것'을 목표로 삼는다. 그러나 소리를 지른다고 해서 감정이 사라지지는 않는다. 위험한 행동은 즉시 제한하되, 감정 자체는 반드시 다뤄져야 한다. 잠시 분리해 진정할 시간을 주고, 이후에는 각자의 감정을 말할 기회를 공정하게 제공하는 과정이 필요하다.

갈등 상황은 아이에게 감정을 조절하고 표현하는 방법을 배우는 장면이다. 참고 견디는 법만 가르치는 훈육은 아이를 단단하게 만들지 못한다. 화를 내지 않으면서도 자신의 욕구를 말할 수 있다는 경험, 다툰 뒤에도 관계가 회복될 수 있다는 경험이 아이의 사회성을 키운다.

 ## 4 부모의 감정 이해가 훈육의 깊이를 결정한다

사티어는 인간의 행동을 빙산에 비유했다. 겉으로 드러난 행동 아래에는 감정, 해석, 기대, 욕구가 숨겨져 있다는 것이다. 아이의 행동에 과도하게 분노할 때, 그 분노는 아이 때문이 아니라 '내가 기대한 모습과 다르다'는 부모 자신의 해석에서 비롯되는 경우가 많다.

부모가 자신의 감정을 인식하고 언어화할 수 있을 때, 아이의 행동 역시 다른 시선으로 바라볼 수 있다. 아이에게 감정을 가르치기 위해서는 먼저 부모가 자신의 감정을 다루는 모습을 보여야 한다. 이것이 훈육을 지탱하는 가장 깊은 토대다.

 5 칭찬은 아이를 움직이지만, 방식이 중요하다

아이를 키우는 과정에서 꾸중만으로는 충분하지 않다. 그러나 모든 칭찬이 아이를 성장시키는 것은 아니다. 인격이나 능력을 단정하는 칭찬보다, 구체적인 행동과 과정을 짚는 칭찬이 아이의 마음에 남는다. 결과보다 노력을 알아봐 주는 말은 아이에게 '나는 존중받고 있다'는 감각을 준다.

칭찬은 즉각적이고 구체적일수록 효과적이다. 눈에 띄는 성과가 없더라도, 애쓴 흔적을 발견해 말해주는 부모의 민감성이 아이의 자존감을 키운다.

 6 사과할 줄 아는 부모가 관계를 회복시킨다

부모의 사과는 권위를 낮추는 행동이 아니다. 오히려 존중과 책임을 가르치는 가장 강력한 교육이다. 제대로 된 사과는 변명 없이 잘못을 인정하고, 말과 표정, 태도가 일치해야 한다. "미안하지만…"이라는 말은 사과가 아니라 자기방어다.

아이의 연령에 맞게 감정을 공감하고, 몰랐던 점을 인정하며, 앞으로의 변화를 약속하는 사과는 관계를 회복시키는 힘을 가진다. 사과 이후에는 아이가 받아들였는지를 살피고, 관계를 다시 연결하려는 노력이 뒤따라야 한다.

꾸중, 칭찬, 사과는 각각 다른 기술처럼 보이지만, 본질은 하나다. 아이를 통제하기 위한 언어가 아니라 관계를 지키는 언어다. 부모의 일상적인 말과 태도는 아이가 앞으로 맺게 될 모든 관계의 기준이 된다.

12

독립하지 못하는 자녀와의 관계

1 부모 노릇은 어디까지일까

부모 노릇은 과연 어디까지여야 할까. 자식 셋을 두고 살 때만 해도 많다고 느끼지 않았다고 했다. 그러나 시간이 흐른 지금, 이미 성인이 된 자녀 셋이 왜 이토록 버겁게 느껴질까. 특히 마흔다섯이 된 큰아들이 아직 독립하지 못하고, 직장도 오래 유지하지 못한 채 집에 머물러 있을 때 부모의 마음에는 답답함과 걱정, 분노와 연민이 뒤섞인다. 이때 많은 부모는 자녀의 문제를 이야기하는 것 같지만, 실은 '부모의 역할이 어디까지여야 하는가'라는 질문 앞에 서 있는 경우가 많다.

2 내가 가진 '부모 이미지'를 돌아보기

잠시 멈춰 서서 스스로에게 물어보자.

- 우리 부모님은 (   )이다.
- 부모라면 마땅히 (   ) 해야 한다.

부모를 조력자, 지원자, 희생자, 혹은 모든 것을 해결해 주는 전지전능한 존재로 떠올리는 경우가 많다. 부모는 자녀가 성공하도록 앞에서 끌어주고, 뒤에서 밀어주며, 부족한 것은 채워주는 존재라는 이미지가 우리 안에 깊이 자리 잡고 있다. 이러한 부모상은 동시에 '부모가 된다는 것'에 대한 두려움과 부담으로 이어진다. 모든 것을 해줄 수 있어야 좋은 부모라는 생각은, 부모 자신을 끊임없이 과잉 역할로 몰아넣는다.

 **헬리콥터 부모와 독립의 지연**

자녀가 성인이 되었음에도 여전히 부모가 정서적·경제적 문제를 대신 해결해 주는 양육 방식은 흔히 '헬리콥터 부모'로 불린다. 이 과정에서 자녀는 스스로 결정하는 힘을 기를 기회를 잃고, 부모의 확인과 승인 없이는 불안해진다. 부모의 품 안이 가장 안전하다고 느끼는 캥거루족 자녀는 자신의 삶을 책임지는 연습을 충분히 하지 못한 채 성인이 된다. 부모가 정답을 대신 제시해 줄수록, 자녀의 선택 근육은 점점 약해진다.

 **손이 많이 가는 자녀에게 더 얽매이는 이유**

부모는 모든 자녀를 똑같이 대하지 않는다. 유독 손이 많이 가는 자녀, 기대를 많이 거는 자녀에게 더 많은 시간과 에너지를 쏟는다. 그러나 이런 관계가 반복되면 자녀는 '믿는 구석'을 갖게 되고, 자신의 삶에 대한 주인의식을 키우지 못한다. 결과에 대한 책임이 두려워지고, 대인관계에서도 늘 누군가의 지지와 보호를 필요로 하는 미성숙한 관계 패턴이 형성되기 쉽다.

의존만이 아닌 또 하나의 인간 본능

인간에게는 보호받고 의존하고 싶은 욕구만 있는 것이 아니다. 스스로 사랑과 인정을 받고 싶어 하는 동기 또한 존재한다. 이를 대인 동기라고 한다. 자녀 역시 누군가에게 기대기만 하는 존재가 아니라,

스스로 선택하고 성취함으로써 인정받고 싶어 하는 존재다. 부모가 한 발짝 물러서 자녀가 결정하고 책임질 기회를 줄 때, 비로소 이 동기는 살아난다.

6 부모도 자신의 삶을 살아야 한다

자녀에게 헌신하는 부모의 모습은 존중받아 마땅하다. 그러나 그것이 부모 자신의 삶을 지우는 방식이어서는 곤란하다. 부부로서, 혹은 한 인간으로서 자신의 삶을 살아가는 부모의 모습은 자녀에게 가장 강력한 메시지가 된다. 부모가 모든 것을 대신해 주지 않아도 삶은 지속된다는 것, 스스로의 선택에 책임지는 삶이 가능하다는 것을 자녀는 부모의 태도를 통해 배운다.

13

언제나 도움을 원하는
부모 때문에 힘든 자녀

서른다섯의 미혼 자녀는 오랜 시간 가족의 경제적 책임을 떠안아 왔다. 아버지의 도박으로 인한 빚, 생활비 부담, 동생의 결혼자금까지. 그 과정에서 그는 자신의 학업, 연애, 미래 준비를 미뤄야 했다. 그러나 어머니의 말은 위로보다 요구에 가깝게 들린다. "넌 돈 삼천도 없니?" 그 말 한마디는 지금까지의 희생을 무의미하게 만드는 상처로 남는다.

 가족 안에서 뒤바뀐 역할

이 사례의 핵심은 부모와 자녀의 역할이 구조적으로 뒤바뀌었다는 점이다. 자녀는 이른 나이에 생계 책임을 떠안으며 '자녀'가 아닌 '사실상의 가장'으로 살아왔다. 이 과정에서 중요한 문제는, 그 선택이 자발적이었는지 여부보다 그 역할이 너무 오래, 너무 당연하게 유지되었다는 점이다. 부모의 책임이 자녀에게 이전되었지만, 그에 대한 명확한 인정이나 관계의 재조정은 이루어지지 않았다.

 도움의 메시지가 요청이 아닌, 요구로 다가올 때

부모가 자녀에게 도움을 요청하는 것 자체가 잘못은 아니다. 문제는 그것이 반복되며 '요청'이 아닌 '기대'와 '의무'로 굳어질 때 발생한다. 특히 가족주의 문화 안에서는 "가족인데 당연하지", "네가 아니면 누가 하니" 와 같은 말들이 자녀의 선택권을 지운다. 이 순간, 도움은 더 이상 나의 선택이 아닌 가족에 의해 강요된 책임이 된다.

 **희생이 인정받지 못할 때 생기는 감정**

지속적인 희생이 가장 견디기 어려운 이유는 경제적 부담 그 자체보다 정서적 보상 부재에 있다. 고마움 대신 당연함, 미안함 대신 비교와 비난. 이러한 반응은 자녀에게 "내가 한 모든 선택이 아직도 부족한가?"라는 질문을 남긴다. 결국 자녀는 부모를 미워하지도, 완전히 벗어나지도 못한 채 죄책감과 분노 사이에서 소진된다. 이 어머니 역시 자신의 삶에서 선택의 여지가 많지 않았을 가능성이 크다. 남편의 문제, 생계의 부담, 가족을 지켜야 한다는 압박 속에서 '버티는 삶'이 유일한 해답이었을 수 있다.

문제는 그 방식이 다음 세대에게 그대로 전가되고 있다는 점이다. "내가 그랬으니 너도 그래야 한다"는 메시지는 의도와 달리 자녀의 삶을 옥죄는 기준이 된다.

 **관계를 바꾸기 위한 관점 전환**

건강한 가족 관계는 누군가의 일방적인 희생 위에서는 결코 세워지지 않는다. 이제는 '도와야 한다'가 아니다.' '어디까지 가능한가'를 말해야 할 시점이다. 관계를 지키기 위해 나를 무너뜨리는 선택은 결국 관계도 함께 무너뜨린다.

첫째, 감정을 설명하는 언어를 연습해야 한다. 비난이나 변명 대신 '이 상황이 나에게 어떤 부담인지'를 차분히 전달하는 것이 필요하다. 둘째, 거절은 불효가 아니라 경계 설정이다. 모든 요구를 받아들이는 것이 효도는 아니다. 오히려 장기적으로 바람직한 관계를 유지하기 위해 거절은 필요한 선택일 수 있다.

부모를 사랑하면서도
자신의 삶을 포기하지 않는 방법은 존재한다.
그 출발점은,
역할을 다시 제자리로 돌려놓는 것이다.

14

타협하기, 협상하기

 강요와 방임 사이에서 흔들리는 부모의 마음

"중학생이 된 자녀가 학원을 안 가려고 해요. 몸이 피곤하고, 여럿이서 공부하는 것이 싫다고 합니다. 초등학교 때부터 그랬어요. 그동안은 '네가 원하는 대로 해라'라고 했지만, 이제는 강제로라도 시켜야 하는 건 아닐까요?"

많은 부모가 이 지점에서 갈등한다. 자율을 존중해야 한다는 것을 모르지 않지만, 현실은 녹록지 않다. 우리 사회에서 영어와 수학을 학교 수업만으로 감당하기 어렵다는 불안, 뒤처질지 모른다는 두려움이 부모의 마음을 조급하게 만든다. 그 결과 '설득'이나 '합의'의 과정은 생략되고, '결정'과 '통보'가 앞서기 쉽다.

2 타협과 협상은 고급 기술이다

타협하고 협상하는 일은 결코 쉬운 일이 아니다. 나만 만족하는 방식이 아니라, 나와 상대방이 모두 감당할 수 있는 지점을 찾아야 하기 때문이다. 협상을 위해서는 몇 가지 기본적인 전제가 필요하다.

첫째, 각자가 원하는 것이 다르더라도 상대방의 기대 역시 중요하다는 인식이다.

둘째, 내가 이겼다고 느끼더라도 상대가 불만을 품고 있다면 그 관계는 이미 패배한 것이다.

셋째, 중요한 것은 문제를 당장 없애는 것이 아니라, 문제를 해결해 가는 '방법'을 함께 찾는 일이다.

이 전제가 없는 상태에서의 대화는 대부분 힘겨루기나 설득 경쟁으로 끝난다.

 ## 3 '학원을 가느냐 마느냐'보다 중요한 것

앞선 사례를 다시 살펴보자. 자녀에게 학원을 권유하기 전에, 그 필요성에 대해 충분한 이야기가 있었는지 돌아볼 필요가 있다. 많은 경우 성적이 떨어진 뒤에야 '학원을 보내야겠다'는 결론에 먼저 도달하고, 그 과정에서 자녀와의 협상은 생략된다. 그 결과 자녀는 '가기 싫다'는 방식으로 자신의 의사를 표현하게 된다.

이때 부모가 먼저 확인해 주어야 할 것은, 자녀가 자신의 공부 스타일과 성향을 누구보다 잘 알고 있다는 사실이다. 학원을 거부하는 이유가 '공부하기 싫어서'가 아니라, '학원이라는 방식이 맞지 않아서'일 수 있다는 점을 인정하는 것이 출발점이다.

 ## 4 공통의 목표를 다시 확인하기

부모와 자녀가 원하는 것은 다르지 않다. 결국 공통의 목표는 '성적 향상' 혹은 '학습의 유지'다. 이 지점을 다시 확인한 뒤, 목표를 이루기 위한 다른 방법을 함께 모색해 볼 수 있다. 예를 들어 일정 분량의

영어 단어 암기, 학습지 풀이, 혹은 집에서 공부한 내용을 부모에게 점검받는 방식 등 다양한 대안이 있을 수 있다.

중요한 점은, 공부를 하지 않겠다는 선택은 수용하지 않되, 공부하는 '방법'에 대해서는 자녀가 제안하고 선택할 기회를 주는 것이다. 부모가 그 제안을 조건부로 수용한다면, 이는 방임이 아니라 협상이 된다.

5 선택에는 책임이 따른다는 경험

자녀가 스스로 선택한 방법이 있다면, 그 결과에 대한 책임 역시 경험해야 한다. 약속한 만큼의 노력이 이루어지지 않거나 결과가 나오지 않을 경우, 다시 협상 테이블로 돌아와 방법을 조정하면 된다. 이 과정에서 자녀는 '부모의 지시를 따르는 사람'이 아니라, 자신의 선택에 책임지는 사람으로 성장한다.

타협과 협상은 시간을 요구한다. 당장은 더 느리고 비효율적으로 느껴질 수 있다. 그러나 이 과정을 통해 자녀는 자신의 삶에서 중요한 결정들을 어떻게 조율하고 책임져야 하는지를 배운다. 그것이야말로 부모가 줄 수 있는 가장 현실적인 교육일지 모른다.

15

자녀의 진로 결정

 **진로는 성적의 결과가 아니라 삶의 방향이다**

진로를 결정하는 일은 많은 부모들에게 자녀 인생의 가장 중요한 과업처럼 느껴진다.

그래서 우리는 아주 이른 시기부터 자녀의 진로를 위해 많은 시간과 노력, 경제적 지원을 쏟아붓는다. 조기교육, 과외, 학원… 자녀의 미래를 위한다는 이름으로 이미 오랜 준비를 해온 셈이다.

청소년기에 이르러 진로를 고민하는 과정은 단순히 '어디를 갈 것인가'를 정하는 문제가 아니다. 적성, 흥미, 가치관 같은 개인적인 요인과 함께 성적, 대학, 직업 전망 같은 현실적인 조건을 함께 고려하며 앞으로의 삶의 방향을 가늠해 보는 시간이다. 그럼에도 불구하고 현실에서는 진로 탐색이 점점 '성적으로 갈 수 있는 대학과 학과를 고르는 일'로 축소되는 경우가 많다. 진로가 목표가 아니라 결과처럼 다뤄질 때, 자녀의 고민은 깊어지기보다 오히려 좁아진다.

자녀의 진로에 부모는 어떤 영향을 미치는가

여러 연구에서 청소년의 진로 의사결정에 중요한 영향을 미치는 요인으로 '부모'를 꼽는다. 부모의 지지와 격려, 관심과 대화는 자녀가 자신의 흥미와 능력을 탐색하고, 직업 세계를 이해하는 데 긍정적인 역할을 한다.

하지만 부모의 개입이 언제나 도움이 되는 것은 아니다. 일부 학자들은 자녀의 진로 결정 과정에서 부모를 포함한 타인의 개입은 최소화되어야 한다고 말한다. 부모가 앞서 결정하고 방향을 제시할수록 자녀는 수동적인 선택을 하게 되고, 결과에 대한 책임을 회피할 가능성이 커지기 때문이다. 이상적으로는 자녀가 스스로 고민하고, 그 과정에서 부모와 상의하며 지지와 격려를 받는 형태가 가장 바람직하다. 그러나 현실에서는 많은 자녀들이 그렇게까지 주도적으로 계획하고 실행하지 못한다. 그래서 부모들은 늘 같은 질문 앞에서 망설이게 된다. '어디까지 도와야 할까?'

 ## 3 말보다 강한 것은 부모의 삶의 모습이다

자녀가 자신의 문제를 스스로 계획하고 실행하는 힘은 하루아침에 생기지 않는다. 평소 부모의 태도와 삶의 모습이 쌓여 만들어진다. "네 인생이니 네가 결정해라"라는 말만으로는 자녀에게 큰 영향을 주기 어렵다. 자녀는 부모가 어떻게 목표를 세우고, 선택하고, 그 결과를 책임지는지를 보며 배운다.

부모가 자신의 일과 삶에 대해 고민하고, 실패와 선택의 과정을 감당하는 모습은 그 자체로 가장 현실적인 진로 교육이다. 자녀에게 무엇을 하라고 요구하기보다, 부모가 어떻게 살아가는지를 보여주는 것이 자녀의 진로 의식 형성에 더 깊은 흔적을 남긴다.

 ## 4 진로 대화의 핵심은 '순서'와 '태도'다

자녀가 서울에 있는 대학만을 고집하고, 부모는 경제적인 이유로 지방 국립대를 권유하고 싶은 상황을 떠올려 보자. 이럴 때 많은 부모들

은 먼저 비용과 현실을 이야기한다. 하지만 대화의 순서가 바뀌면 결과도 달라질 수 있다.

먼저 자녀가 왜 서울의 대학을 가고 싶은지 충분히 들어보는 것이 필요하다. 그 선택 뒤에는 전공에 대한 기대, 진로 전망, 또래 문화, 스스로 성장하고 싶다는 욕구가 담겨 있을 수 있다. 자녀의 이야기를 들은 뒤, 그 전공이 정말로 서울에서만 유리한지, 지방 국립대에서도 충분히 가능성은 없는지 함께 자료를 찾아보고 이야기해 볼 수 있다.

그 다음에야 비로소 경제적인 현실을 이야기하는 것이 좋다. 처음부터 부모의 기준과 결론을 앞세우면, 자녀는 부모를 '답을 정해 놓고 말하는 사람'으로 인식하게 된다. 서울 진학 시 예상되는 비용, 부모가 감당할 수 있는 범위, 장학금이나 학자금 대출 같은 현실적인 대안을 함께 계산해 보는 과정이 필요하다. 중요한 것은 부모의 뜻을 관철하는 것이 아니라, 자녀의 꿈을 존중하면서 가정의 현실 안에서 최선의 선택을 함께 찾아가는 태도다.

진로 결정은 정답을 맞히는 문제가 아니다. 부모의 역할은 대신 결정해 주는 것이 아니라, 자녀가 고민하고 선택하고 책임지는 과정을 곁에서 지켜보는 것이다. 그 경험은 진로를 넘어, 자녀의 삶 전반을 지탱하는 힘이 된다.

16

비교의 덫

 **비교는 관계보다 먼저 마음을 지치게 한다**

비교만큼 강력한 스트레스 유발 요인은 드문 것 같다.
상대방에게 유난히 짜증이 날 때, 잠시 멈춰 '왜 이렇게 화가 날까?'
하고 스스로에게 물어보면, 그 이유가 비교에 있는 경우가 많다. 누군
가를, 혹은 내가 마음속에 세워 둔 기준과 상대를 나도 모르게 비교
하고, 그 기준에 미치지 못한다고 느껴질 때 이해하지 못하고 용서하
지 못한 채 짜증을 내고 있는 것이다. 그러고 나면 그런 모습의 나 자
신이 또 싫어진다. 비교는 타인을 향한 비난으로 시작해 결국 나 자신
을 가두는 덫이 된다.

자녀도 크게 다르지 않다. '엄친아', '엄친딸'이라는 말이 자연스럽게 쓰
일 만큼 우리는 쉽게 다른 집 아이와 우리 아이를 비교한다. 의도하
지 않았다고 말하지만, 자녀는 그 미묘한 시선과 말투를 고스란히 느
낀다. 비교는 동기부여가 되기보다, 자녀의 마음을 먼저 움츠러들게
만드는 경우가 더 많다.

2 **비교는 자존감을 깎아내린다**

비교의 가장 큰 부작용은 자존감을 떨어뜨린다는 점이다. 자존감이
낮아지면 사람은 자신을 사랑하기 어려워진다. 자신을 사랑하지 못하
면, 타인에게도 긍정적인 에너지를 주기 어렵다. 심리학에서 말하는
'끌어당김의 법칙' 역시 같은 맥락이다. 스스로에게 보내는 에너지가
긍정적일수록 사람은 그 에너지가 향하는 방향으로 움직이게 된다.

자존감이 높은 아이는 도전한다. 실패하더라도 다시 시도한다. 작은 성공의 경험이 쌓이면서 다시 자신을 믿게 되고, 그 믿음은 또 다른 도전을 가능하게 한다. 반대로 비교에 익숙한 아이는 시작하기도 전에 포기를 배운다. 어차피 나는 안 된다는 생각이 먼저 앞서기 때문이다. 무엇이든 쉽게 포기하거나 도전 자체를 두려워하는 자녀라면, 그 이면에 비교의 늪이 자리 잡고 있지는 않은지 부모로서 점검해 볼 필요가 있다.

 **3 강점 찾기보다 '나를 사랑하는 방식'을 묻다**

자존감을 높이기 위해 흔히 사용하는 방법 중 하나가 강점, 장점 찾기다. 키가 크다, 성격이 밝다, 말을 잘 들어준다… 이런 활동은 자신이 가진 긍정적인 면을 돌아보는 계기가 된다는 점에서 의미가 있다. 하지만 강점 찾기는 종종 결과 중심으로 흘러간다. 노력의 과정보다 눈에 보이는 성과가 장점으로 기록되기 때문이다.

예를 들어 키가 작다고 느껴 매일 저녁 줄넘기를 열심히 하는 아이가 있다고 해보자. 그런데 기대만큼 키가 크지 않았다면, 이 아이는 '나는 결국 키도 못 컸고, 노력도 별 의미가 없었다'고 느낄 수 있다. 이 순간, 성실함과 꾸준함이라는 중요한 과정은 장점으로 남지 못한다.

그래서 나는 강점 찾기보다 이런 질문을 더 자주 던져보길 권한다.
"요즘 내가 나를 사랑해서 하고 있는 일은 무엇일까?"
이 질문은 결과보다 과정을 보게 한다. 잘 해냈는지가 아니라, 스스로를 아끼는 선택을 하고 있는지를 돌아보게 한다. 그 과정에서 아이는 중도에 포기할 가능성이 줄어들고, 스스로에 대한 신뢰와 자존감이 조금씩 쌓이게 된다.

 ## 4 비교의 대상은 '남'이 아니라 '어제의 나'다

비교를 완전히 없애는 것은 현실적으로 어렵다. 중요한 것은 비교의 방향이다. 타인과의 비교는 늘 나를 부족하게 만들지만, 어제의 나와의 비교는 성장을 확인하게 한다. 오늘 조금 더 해낸 것, 어제보다 덜 포기한 것, 한 번 더 도전한 것. 이런 비교는 아이에게 긍정적인 에너지를 준다.

나 자신에 대해, 혹은 자녀에 대해 늘 불만족의 늪에 빠져 있다고 느낀다면, 묻고 답하며 천천히 해 보기 좋은 장이다. 비교의 덫에서 벗어나는 일은 단번에 이루어지지 않는다. 다만 방향을 바꾸는 순간, 자녀는 물론 부모 자신도 한결 가벼워진 마음으로 삶을 바라볼 수 있게 된다.

Q&A 실전 질문 모음

1　임신기 아내를 위해 남편에게 도움이 될 정보를 알려주세요.

Q1　임신기 아내를 위한 남편의 역할에 대해 알고 싶습니다.

임신기 부부에게 도움이 될 만한 책으로 『반짝이는 임신기를 위한 슬기로운 남편 생활』이 있습니다. 이 책의 머리말에는 이런 문장이 나옵니다. "태아의 필요는 엄마가 채우고, 엄마의 필요는 아빠가 채운다." 임신기 동안 남편의 역할을 시간의 흐름에 따라 차분하게 안내해 주는 문장입니다.

이 책은 임신기 아내의 신체적·정서적 변화를 이해하고, 그 시기에 남편이 어떤 태도와 역할로 곁에 있어야 하는지를 구체적으로 설명하고 있어 예비 엄마·아빠 모두에게 좋은 길잡이가 됩니다. 막연한 두려움과 불안을 안고 임신과 출산, 육아를 맞이하는 부부에게 '어떻게 하면 되는지'를 차분히 알려주는 가이드북이라는 점에서 많은 공감을 얻고 있다고 볼 수 있습니다.

Q2　요즘은 육아에 적극적으로 참여하는 아빠들도 많습니다. 이런 아빠의 육아 참여는 아이와 부부 관계에 어떤 영향을 줄까요?

과거에는 육아를 여성, 즉 엄마의 역할로만 인식하던 시절이 있었습니다. 그러나 최근에는 남성 양육자를 대상으로 한 교육과 프로그램에 대한 요구가 꾸준히 증가하고 있습니다. 육아에 참여하기 위해서는 자연스럽게 관심을 갖게 되고, 배우려는 노력도 뒤따르게 됩니다.

이러한 과정을 통해 관심 없는 아빠보다 자녀를 더 잘 이해하는 아빠가 됩니다. 아빠가 양육 환경에 적극적으로 참여하고 자녀와의 상호작용이 잦아질수록, 아이는 아빠를 '나를 잘 알아주고 이해해 주는 사람'으로 인식하게 됩니다. 그 결과 어려운 상황이 생겼을 때 아빠에게 도움을 요청하고 상의하게 되며, 이는 아이의 문제 해결 능력 향상에도 긍정적인 영향을 미칩니다.

부부 관계에도 좋은 변화가 나타납니다. 육아 부담이 한쪽으로 쏠리지 않게 되고, 서로의 역할에 대한 존중이 커집니다. 무엇보다 '함께 아이를 키우는 부모'라는 공동체 의식, 즉 팀으로서의 동료 의식이 강화됩니다.

다만, 육아 참여에 대한 의지와 실제 역량 사이에는 차이가 있을 수 있습니다. 태어날 때부터 육아를 잘하는 사람은 없습니다. 평소 얼마나 관심을 가져왔는지, 원가족으로부터 어떤 영향을 받았는지, 또 얼마나 배우고 노력했는지에 따라 개인차가 나타납니다. 잘하고 싶은 마음은 있지만 역량이 부족하다고 느껴진다면, 부모 교육 프로그램이나 부부·부모 역할 관련 도서를 참고하며 차근차근 배워가는 과정을 권하고 싶습니다.

 시간이 부족해 육아에 참여하지 못한다고 느끼는 아빠들도 많습니다. 이런 상황에서 최소한 할 수 있는 노력에는 어떤 것들이 있을까요?

현실적으로 직장생활과 육아를 병행하는 일은 쉽지 않습니다. 야근이나 주말 근무 등으로 자녀와 함께 보내는 시간이 충분하지 않은 경우도 많습니다. 그렇다고 해서 아빠의 존재감이 줄어드는 것은 아닙니다. 중요한 것은 시간의 길이가 아니라 그 시간에 담긴 밀도입니다.

짧더라도 '선택과 집중'이 필요합니다. 하루 10분이라도 스마트폰과 TV를 끄고 아이에게 온전히 집중하는 대화 시간을 가져보세요. 이때 중요한 것은 지시나 평가가 아니라, 들어주고 공감해 주는 태도입니다. 그 10분은 아이에게 세상에서 가장 길고 중요한 시간이 될 수 있습니다. 어린 자녀의 경우에는 규칙적인 루틴에 참여하는 것도 좋습니다. 예를 들어 저녁 목욕시키기, 식사 돕기, 잠자리 준비하기, 하루 한 권 책 읽어주기 같은 일들입니다. 아이가 '이건 아빠랑 하면 좋아', '아빠가 해줘서 좋다'는 감정을 경험하도록 해주세요. 포옹이나 쓰다듬기 같은 신체적 접촉 또한 아빠의 사랑과 따뜻함을 아이의 기억에 깊이 남기는 데 큰 도움이 됩니다.

이러한 양육 경험은 아이가 타인에 대한 사랑과 존중을 자연스럽게 배우는 토대가 됩니다. 결국 부모와의 관계 속에서 경험한 사랑은, 아이가 성장해 세상을 대하는 태도가 되는 경우가 많습니다.

2 학원 가기 싫어하는 자녀

Q1 중학생이 된 아이가 학원을 가기 싫어합니다.

초등학교 때부터 학원을 힘들어하긴 했지만, 중학생이 되니 마음이 더 불안해졌습니다. 몸이 피곤하다, 학교에서 배운 걸 또 반복하는 게 싫다, 친구들이 경쟁적이라 부담된다는 이유를 댑니다. 그래도 중학교 인데 혹시 뒤처질까 봐 강제로라도 보내야 하나 고민이 큽니다. 학교 수업과 교과서만으로는 부족한 게 현실 아닌가요?

A 중학교는 '공부의 양'보다 '공부에 대한 태도'가 먼저 흔들리는 시기입니다. 초등학교에서 중학교로 넘어가는 시기는 아이들에 게 변화가 많습니다. 학습 내용은 갑자기 어려워지고, 평가 방식 과 수업 분위기도 달라집니다. 초등학교 때는 익숙했던 공부 방 식이 중학교에 들어서며 낯설어지고, 그 자체가 아이들에게 큰 부담이 됩니다.

이 시기에 학원을 거부하는 아이들 중 상당수는 공부를 안 하겠다 는 뜻이 아니라, 공부 방식이 버겁다는 신호를 보내고 있는 경우가 많 습니다. 부모 입장에서는 '혹시 공부를 놓을까 봐' 불안해지지만, 아이 의 말 속에는 이미 지침과 부담이 담겨 있습니다.

A 학원 문제보다 먼저 봐야 할 것은 '동기'와 '습관'입니다

부모가 가장 먼저 살펴야 할 것은 학원을 가느냐, 안 가느냐의 문제가 아니라 자기주도적으로 공부하려는 태도와 최소한의 학습 습관입니다.

이 두 가지가 만들어지지 않은 상태에서 '중학생이니까', '뒤처질까 봐'라는 이유로 강제로 학원을 보내면, 사춘기에 접어든 아이는 공부 자체를 더 거부하게 되는 경우도 적지 않습니다. 그래서 이 시기에는 강요보다 협상과 동기부여가 먼저 필요합니다. 공부는 결국 습관이기 때문에, 억지로 시작한 공부는 오래가지 못합니다.

> **A** 끝까지 학원을 거부한다면 '학원을 안 가도 되는 조건'을 함께 정하세요

아이의 말대로 학원을 가지 않겠다고 한다면, 그 자체에 동의하는 것과 공부를 하지 않는 것에 동의하는 것은 분명히 다릅니다. 학원을 가지 않더라도

- 학교 수업을 따라갈 수 있는지
- 숙제와 진도를 스스로 관리하는지
- 일정한 학습량이 유지되는지

이 부분에 대해서는 부모와 아이가 함께 확인할 기준이 필요합니다.

학원은 공부를 위한 여러 방법 중 하나일 뿐, 공부 그 자체는 아닙니다. 충분한 학습량과 책임이 확보된다면 자기주도 학습 역시 하나의 선택지가 될 수 있습니다.

> **A** 의견이 크게 다를수록 '공통 목표'부터 다시 확인하세요

　부모와 자녀의 의견이 첨예하게 다를 때 "학원을 가야 한다/안 가겠다"는 주장으로만 부딪히면 해결은 더 어려워집니다. 이럴 때는 이렇게 질문해 보는 것이 도움이 됩니다.

- 중학교 성적이 어느 정도 나오면 괜찮을까?
- 수업 시간에 힘들지 않게 따라가는 것이 목표일까?
- 네가 스스로 '잘하고 있다'고 느끼려면 어떤 기준이 필요할까?

부모와 자녀가 공통으로 원하는 목표를 먼저 확인한 뒤, 그 목표에 도달하기 위한 방법 중 하나로 학원을 제안하는 것이 훨씬 효과적입니다.

중학교 공부가 어려워지는 것은 사실이지만, 아이에게 이 시기에 필요한 것은 '강압'이 아니라 선택에 대한 책임을 경험하는 과정입니다.

 **'왜 고등학생 자녀와 진로 이야기는 항상 싸움이 될까'**

Q1 성적과 진로 문제로 부모와 자녀의 갈등이 심해집니다. 왜 이 시기에 이런 갈등이 많아질까요?

A 후기 청소년기는 '독립을 연습하는 시기'입니다

고등학교 시기는 후기 청소년기에 해당합니다. 이 시기의 자녀들은 신체적으로는 성인과 거의 같아지지만, 정신적으로는 부모로부터 심리적 독립을 본격적으로 시도하는 단계에 들어섭니다. 생각이 깊어지고 자기주장이 강해지면서, 부모의 조언조차 간섭처럼 느껴지는 경우가 많아집니다.

"제가 알아서 할게요."라는 말이 잦아지는 것도 이 때문입니다. 지적인 능력은 성인에 가까워지지만, 아직 정서적으로는 의존성과 독립 욕구가 공존하는 양면성을 지닌 시기이기도 합니다. 감정은 앞서가지만, 이성적 판단을 담당하는 전두엽은 아직 완전히 성숙하지 않아 충동적이고 감정적인 반응이 잦아집니다.

A 입시 스트레스는 공감 능력을 잠시 뒤로 밀어냅니다

우리나라 청소년들은 고등학교에 진입하면서 학업 스트레스를 가장 강하게 경험합니다. 입시를 앞둔 중요한 시기로 인식되면서 학교와 학원에서 보내는 시간이 길어지고, 진로에 대한 부담 역시 커집니다.

뇌 연구에 따르면, 이 시기에는 평가와 보상, 성취와 관련된 뇌 영역이 활발해지는 반면, 타인에 대한 공감과 정서 교류를 담당하는 영역의 활동은 상대적으로 감소합니다. 그 결과 불안과 짜증 같은 부정적 감정은 커지고, 고민을 부모와 나누기보다는 혼자 감당하려는 경향이 강해집니다.

이런 변화가 겹치면서 부모와의 대화는 줄어들고, 사소한 일에도 갈등이 쉽게 표출되는 시기가 됩니다.

> **A 진로 갈등 앞에서 부모가 먼저 점검해야 할 태도**

자녀의 진로 결정에는 여전히 부모의 영향력이 큽니다. 실제로 많은 청소년들이 대중매체보다 부모와의 대화를 통해 장래 직업을 떠올린다는 연구 결과도 있습니다.

하지만 '원리'로 알고 있는 태도와 '내 자녀의 현실 문제'는 다르게 다가옵니다. 성적, 진학, 학과 선택 이야기를 나누다 보면 부모 역시 불안과 걱정이 앞서 평정심을 잃기 쉽습니다. 말로는 존중한다고 하면서도, 표정과 말투는 어느새 단호하고 비정해지기도 합니다.

이럴 때 스스로에게 물어볼 필요가 있습니다. 나는 혹시 "네가 뭘 알아"라는 메시지를 주고 있지는 않은지, 자녀의 선택보다 부모의 불안을 먼저 덜어내려 하고 있지는 않은지 점검해 볼 필요가 있습니다.

> **A** 의견 차이가 클수록 '외부의 도움'을 활용하세요

부모와 자녀의 의견 차이가 쉽게 좁혀지지 않는 경우도 많습니다. 갈등을 견디기 어려워 부모의 뜻을 따르거나, 실패 가능성을 줄이기 위해 마지못해 선택하는 경우도 적지 않습니다. 그러나 이런 선택은 이후 진로를 다시 바꾸거나 새로운 고민을 반복하게 만들기도 합니다.

부모가 자녀의 가치관, 적성, 흥미를 충분히 살피기 어렵다면 전문가의 도움을 받는 것도 좋은 방법입니다. 진로 상담을 통해 자녀가 자신의 이야기를 존중받으며 정리해 보는 경험은, 부모와의 소통을 회복하는 데에도 긍정적인 역할을 합니다. 진로는 '부모의 설득'으로 결정되는 문제가 아니라, 자녀가 책임질 수 있는 선택으로 함께 만들어가는 과정임을 기억할 필요가 있습니다.

4 실수 앞에서 무너지는 아이, 왜 이렇게 힘들어할까요?

> **Q1** 문제를 풀다 하나만 틀려도 우는 아이입니다.

욕심이 많아서일까요, 실수를 용납하지 못하는 성격일까요? 공부하라고 강요한 것도 아닌데, 문제 하나 틀렸다고 크게 낙담하는 모습을 보면 부모 마음도 복잡해집니다. 요즘 아이들이 감정 표현이 더 예민해졌다고들 하지만, 유독 실수에 민감한 이유는 무엇일까요?실수하면 부모나 주변 사람들에게 '능력이 없는 아이'로 보일까 봐 두려운 걸까요, 아니면 '나는 항상 잘해야 한다'는 생각이 너무 강해서일까요?

분명한 것은, 이 아이가 실수를 단순한 경험이 아니라 부정적인 평가와 연결된 사건으로 받아들이고 있다는 점입니다.

'다른 사람도 아닌 내가 실수하면 안 된다'는 왜곡된 기준 속에서 아이는 스스로를 몰아붙이고 있습니다.

> **A** 실수에 대한 예민함은 성격보다 '불안'에서 비롯되는 경우가 많습니다.

실수에 크게 반응하는 아이들을 보면 흔히 "욕심이 많다", "완벽주의 성향이다"라고 말합니다. 하지만 조금 더 들여다보면, 그 바탕에는 잘해야만 괜찮은 사람이라는 불안이 자리 잡고 있는 경우가 많습니다. 이 아이들에게 실수는 단순한 실패가 아니라, '나는 부족한 사람이다', '사랑받지 못할 수 있다'는 두려움을 확인하는 순간이 될 수도 있어요. 그래서 작은 실수 하나에도 감정이 크게 흔들리는 것입니다.

지도할 때는 '결과'보다 '과정'을 바라보는 시선을 먼저 길러주세요. 욕심 많고 성취욕구가 강한 아이를 바꾸려 하기보다, 실수를 받아들이는 관점부터 함께 바꿔주는 것이 중요합니다.

그 첫 번째는 부모가 과정의 가치를 반복해서 보여주는 것입니다. 칭찬 역시 결과보다 과정에 초점을 맞출 필요가 있습니다.
예를 들어, "밥 하나도 안 남기고 다 먹었네"라는 말보다는 "콩 싫어한다더니 그래도 한 숟갈 먹으려고 노력했구나"처럼,

아이의 선택과 시도를 짚어주는 칭찬이 도움이 됩니다.

아이에게는 '잘했기 때문'이 아니라,

노력하고 시도했기 때문에 인정받는다는 경험이 쌓여야 합니다.

> **A** **실수는 없애야 할 것이 아니라, 의미를 찾아야 할 경험입니다.**

두 번째로 중요한 것은, 실수를 통해 무엇을 얻을 수 있는지를 함께 찾는 과정입니다.

"버려지는 경험은 없다. 모든 경험은 배움이다."라는 말처럼,

실수는 더 큰 실패를 막기 위한 예행연습일 수도 있고,

자신을 더 잘 알게 되는 계기가 될 수도 있습니다.

완벽주의는 욕심이 아니라 불안입니다. 잘하고 싶은 마음보다, 못했을 때의 상처를 감당하기 어려운 마음에 가깝습니다. 그래서 실수를 수치로 여기는 아이에게 부모는 그것을 성장의 재료로 다시 해석해 주는 사람이 되어야 합니다.

"넌 잘해야만 사랑받는 존재가 아니야." 이 안정감 있는 메시지를 반복해서 전달해 주는 것이 무엇보다 중요합니다.

 성취욕구는 꺾는 것이 아니라, 방향을 잡아주는 것입니다

실수에 민감한 아이일수록 성취에 대한 욕구도 강한 경우가 많습니다. 이때 "괜찮아, 편하게 해"라는 말만으로는 아이의 불안을 덜어주기 어렵습니다. 이 아이들은 이미 자기 자신에게 가장 엄격한 평가자이기 때문입니다.

그래서 필요한 것은 위로보다 인식의 전환입니다. 우리 어른들에게도 해주고 싶은 말입니다. 나 스스로에게도 항상 주문처럼 이 말을 기억하고 있으면 좋을 것 같습니다.

실수나 틀림을 '무능함의 증거'가 아니라, '다음 단계를 위한 정보'로 바라보도록 도와주는 것입니다. 아이에게 이렇게 말해볼 수 있습니다. "이건 네가 부족하다는 증거가 아니라, 다음에 더 잘할 수 있는 힌트야."

실수를 긍정적인 기회로 전환하는 경험이 쌓일 때, 성취욕구는 아이를 소진시키는 힘이 아니라 아이를 성장시키는 에너지로 자리 잡게 됩니다.

Q1 아이들 앞에서 언성을 높이는 부부 갈등, 아이들은 정말 알아차릴까요?

요즘 부부 갈등을 다룬 프로그램이 많다 보니, 아이들 앞에서 감정을 드러내는 모습이 더 걱정된다는 부모들이 많습니다. 아이들은 정말 부모의 갈등을 느낄까요?

A 아이들은 '말'보다 '분위기'를 먼저 읽습니다.

아이들은 생각보다 훨씬 예민합니다. 부모가 직접 싸우지 않더라도 눈빛, 말투, 몸짓 같은 비언어적 신호만으로도 '뭔가 이상하다'는 것을 직감합니다. 부모는 감췄다고 생각하지만, 아이는 그 미묘한 분위기 속에서 불안을 키우게 됩니다.

특히 갈등이 반복될 경우 아이는 정서적 안정감을 잃고, 두려움이나 불신을 느끼기 쉽습니다. 유아기나 초등 저학년 아이들은 언어보다 정서를 먼저 받아들이기 때문에, 갈등은 그대로 아이의 몸과 마음에 남습니다. 실제로 부모 갈등을 반복적으로 경험한 아이들 중에는 복통, 두통 같은 신체화 증상이나 집중력 저하, 정서 불안으로 표현되는 경우도 적지 않습니다. 부모의 갈등은 단순히 부부 사이의 문제가 아니라, 가족 전체의 정서적 안전과 직결된 문제라고 볼 수 있습니다.

Q2 아이 앞에서 자주 싸우는 것도 아동학대에 해당할 수 있나요?

A 반복되고 통제되지 않는 갈등은 정서적 학대가 될 수 있습니다. 경우에 따라 아이 앞에서의 잦은 고성과 언쟁, 위협적인 행동은 정서적 학대로 판단될 수 있습니다. 법적으로도 아이에게 지속적인 불안과 공포를 유발하는 갈등 상황은 보호자의 정서적 보호 의무를 다하지 못한 것으로 볼 수 있기 때문입니다.

특히 아이의 존재를 전혀 고려하지 않은 채 감정을 폭발시키는 싸움이 반복된다면, 아이는 안전하지 않은 환경에 노출된다고 느끼게 됩니다. 부모에게는 갈등을 없애야 할 의무가 아니라, 갈등을 조절하고 아이의 정서를 보호해야 할 책임이 있습니다.

Q2 싸우지 않는 부부는 없잖아요. 아이를 보호하면서 갈등을 조율할 방법은 없을까요?

A 갈등이 문제가 아니라, 갈등을 다루는 방식이 문제입니다

부부 갈등 자체가 반드시 나쁜 것은 아닙니다. 갈등을 통해 서로의 다름을 알게 되고, 조율의 필요성을 배우기도 합니다. 중요한 것은 아이에게 어떤 모습으로 갈등을 보여주느냐입니다. 아이를 보호하면서 건강하게 갈등을 다루기 위해 부모가 기억하면 좋은 기준이 있습니다.

1. 상대방을 비난하기보다, 나의 느낌을 말하세요

"당신은 항상 그래"라는 말은 갈등을 키우지만, "나는 그 상황이 힘들었어"라는 표현은 대화를 가능하게 합니다.

2. 미리 정한 '멈춤의 룰'을 활용하세요

감정이 격해질 때는 잠시 멈추고 시간을 두자는 약속을 부부 사이에 만들어 두는 것도 도움이 됩니다. 이 모습 자체가 아이에게는 중요한 학습이 됩니다.

Q2 싸움이 시작되려 할 때 "방에 들어가 있어"라고 말하는 건 괜찮은 대처인가요?

A 아이를 떼어놓기보다, 상황을 설명해 주세요

아이를 물리적으로 떨어뜨리는 것은 즉각적인 위험을 피하는 데는 도움이 될 수 있습니다. 하지만 아무 설명 없이 방으로 보내지는 아이는 오히려 더 큰 불안을 느낄 수 있습니다.

이럴 때는 "엄마 아빠가 지금 의견이 달라서 이야기 중이야. 곧 정리할 거야. 걱정하지 않아도 돼"처럼 상황을 짧게 설명해 주는 것이 좋습니다. 아이는 싸움 자체보다, 그 상황이 통제되고 있다는 신호를 통해 안도감을 느낍니다.

 부부싸움 후 화해하는 모습을 아이에게 보여주는 것도 의미가 있을까요?

A 회복의 장면은 아이에게 가장 중요한 학습입니다.

아이에게는 싸움보다 화해의 과정이 훨씬 중요합니다. 갈등 후에 부모가 서로 사과하고 감정을 정리하는 모습을 보여주는 것은, 아이에게 큰 안정감을 줍니다. "아까는 감정이 격해졌지만 지금은 서로 이해하고 있어"라는 말 한마디, 서로를 안아주는 모습은 아이에게 이렇게 말해줍니다. '갈등은 관계의 일부이고, 대화로 회복될 수 있다'는 것을 말입니다. 아이 앞에서의 화해는 부모의 약점 노출이 아니라, 관계 회복의 가장 좋은 모델링입니다.

6 유아의 스마트폰 사용, 어디까지가 괜찮을까요?

Q1 영유아 스마트폰·TV 시청 시간, 어떻게 조절해야 할까요? 특히 2~3세 미만 영유아의 경우, 어떻게 제한하는 것이 바람직한지 부모들은 늘 불안합니다.

A 영유아기에는 '적을수록 좋은 노출'이 원칙입니다

대한소아과학회와 세계보건기구(WHO)는 만 2세(23개월) 미만 영아에게는 스크린 노출을 가급적 피하거나 최소화할 것을 권고합니다. 만 2세 이상이라 하더라도 하루 1시간 이내로 제한하고, 보호자와 함께

보며 대화하는 방식이 바람직하다고 안내하고 있습니다.

영유아의 뇌 발달은 화면 속 자극보다 실제 사람과의 상호작용, 놀이, 언어 교류를 통해 훨씬 풍부하게 이루어집니다. 이 시기에는 '무엇을 보여주느냐'보다 '누구와 어떻게 시간을 보내느냐'가 더 중요합니다.

Q2 너무 이른 시기부터 영상 매체에 노출되면 정말 문제가 생기나요?

A 과도한 영상 노출은 주의력·언어·정서 발달에 영향을 줄 수 있습니다

영유아가 너무 이른 시기부터, 그리고 장시간 영상 매체에 노출될 경우 주의력 저하, 언어 발달 지연, 정서 조절의 어려움과 관련이 있다는 연구 결과들이 꾸준히 보고되고 있습니다.

영상 매체는 대부분 일방향 자극이기 때문에, 사람과의 상호작용을 통해 배우는 공감·기다림·대화 경험이 줄어들 수 있습니다. 부득이하게 병원 대기실이나 외식 중 영상 매체를 활용해야 할 경우에도 부모가 곁에서 함께 보며 "자동차가 나오네", "강아지가 왜 뛰어올까?"처럼 말을 걸어 쌍방향 자극이 이루어지도록 도와주는 것이 중요합니다.

Q3 공부나 행동의 보상으로 스마트폰을 허용하는 '조건제'는 괜찮을까요?

A 보상보다 먼저 '가족 규칙'을 세우는 것이 필요합니다

조건부 허용이 무조건 나쁘다고 보기는 어렵지만, 그보다 먼저 스마트폰 사용에 대한 명확한 규칙과 기준이 정해져 있어야 합니다.

예를 들어,

- 식사 시간과 가족이 함께하는 시간에는 사용하지 않기
- 하루 사용 시간의 상한선 정하기
- 숙제를 마친 후 이용하기

와 같은 기본 규칙을 세우고 일관되게 지키는 것이 우선입니다. 규칙을 잘 지켰을 때 주말에 추가 시청 시간을 보상으로 제공하는 방식은 통제보다는 책임 있는 선택을 배우게 하는 방법이 될 수 있습니다.

Q4 부모는 스마트폰을 하면서 아이에게만 제한을 두는 게 가능한가요?

A 스마트폰 사용 규칙은 '가족 전체의 약속'이어야 합니다

부모가 스마트폰을 자유롭게 사용하면서 아이에게만 제한을 두면, 아이에게는 규칙이 아닌 '불공평한 통제'로 느껴질 수 있습니다. 자녀

에게 스마트폰을 허용하기 전, 부모 스스로도 자신의 사용 습관을 점검하고 관리할 준비가 되어 있어야 합니다.

가족 규칙을 정했다면 부모 역시 함께 실천해야 합니다. "우리 가족은 평일에는 스마트폰을 1시간 이내로 사용하고, 저녁 9시 이후에는 가족이 함께 시간을 보낸다"와 같은 약속은 아이에게 가장 강력한 교육이 됩니다. 아이의 스마트폰 사용 습관은 결국 부모의 일상적인 모습 속에서 자연스럽게 형성된다는 점을 기억하시면 좋겠습니다.

7 유아의 스마트폰 사용, 어디까지가 괜찮을까요?

Q1 요즘 아이들 선행학습이 너무 빠르다는 이야기가 많습니다. "놀리자니 불안하고, 공부시키자니 아이가 압박받을까 걱정되고…" 이 두 가지를 어떻게 균형 있게 가져가면 좋을까요?

A 선행학습의 균형은 '얼마나 앞서 가느냐'가 아니라 '얼마나 즐겁게 배우느냐'에 달려 있습니다.

이 고민은 특히 학령기 전 자녀를 둔 부모들이 가장 많이 느끼는 불안입니다. 아이가 아직 어릴수록 "지금 안 하면 뒤처지는 건 아닐까?" 하는 마음이 더 커지지요. 하지만 솔직히 말해, 아이에게 '학습'이라는 단어 자체가 이미 압박이 될 수 있습니다. 그래서 저는 부모님들께 학습을 학습처럼 하지 말자는 말씀을 자주 드립니다. 아이에게는 공부가 아니라 놀이처럼 제안하고, 그 과정에 부모가 함께 참여해 주세요. 그러면 부모의 불안도 자연스럽게 내려가고, 아이는 부담 없이 배움의 효과를 얻을 수 있습니다.

예를 들어 문해력을 키우고 싶다면 책을 읽은 뒤 역할극을 하거나, 주인공의 마음을 함께 이야기해 보세요. "왜 이런 선택을 했을까?", "나라면 어떻게 했을까?"

이런 질문만으로도 언어표현력과 사고력, 감정 이해 능력이 함께 자랍니다. 수리력도 마찬가지입니다. 학습지를 풀리는 대신 시장놀이를 하며 동전을 바꿔 보고, '이게 더 많다, 이게 더 적다' 같은 개념을 놀이 속에서 익히는 것도 충분한 학습입니다. 중요한 건 책상 앞에 앉아 있지 않아도 배움은 일어난다는 사실입니다. '학원을 보내야만 공부가 된다'는 생각부터 내려놓는 것이, 아이를 위한 첫 번째 준비일지도 모릅니다.

Q2 놀이를 하면서도 자꾸 가르치려고 하게 됩니다. 그림을 그리면 "나무는 초록색이지" 하고 말하게 되는데요. 놀이도 정말 학습이 될 수 있을까요?

A 놀이가 학습이 되기 위해 필요한 조건은 '부모의 개입이 아니라 아이의 주도성'입니다.

놀이 자체가 매우 중요한 두뇌 발달 활동입니다. 다만 한 가지 조건이 있습니다. 놀이의 주도권을 아이에게 완전히 넘겨주는 것입니다. 아이들이 블록이나 레고 놀이를 하면서 스스로 집을 만들고 규칙을 세우는 과정은 나중에 수학·과학적 사고의 기초가 됩니다. 그런데 부모가 옆에서 "이렇게 해봐", "이렇게 하면 더 좋지 않을까?" 하며 의도적으로 학습으로 이끌면 놀이는 금세 '과제'가 되어 버립니다. 부모가 불안을 내려놓고 '이 시간도 충분히 배움의 시간'이라고 믿어주는 것, 그 믿음이 아이에게는 가장 큰 안전감이 됩니다.

Q3 결국 초등학교에 가면 성적을 좌우하는 건 공부를 대하는 태도와 습관이라고 하던데요. 입학 전, 무엇을 준비해 주는 게 좋을까요?

A 입학 전 준비의 핵심은 지식보다 '공부를 견디는 태도와 생활습관'입니다.

공부를 오래, 꾸준히 할 수 있는 힘은 지식보다 태도와 생활습관에서 만들어집니다. 공부는 엉덩이가 한다는 말이 있지요? 아이들이 학교에 처음 가서 가장 힘들어하는 건 40분 동안 자리에 앉아 있는 집중력과 참을성입니다.

그래서 입학 전에는 하루 10분 정도라도 책상에 앉아 그림을 그리거나, 만들기를 하거나, 책을 보는 연습이 필요합니다. 또 하나 중요한 것은 기본생활습관입니다. 일찍 자고 일찍 일어나기, 정해진 시간에 식사하기, 자기 물건 정리하기 같은 작은 습관들이 학교생활 적응을 훨씬 수월하게 만들어 줍니다. 그리고 문해력의 기초, 읽고 이해하고, 자신의 생각을 말해보는 경험, 친구관계와 학교생활에 대한 지속적인 부모

의 관심도 꼭 필요합니다. 초등학교 입학은 아이에게
'작은 사회'로 들어가는 첫 경험입니다.

성적, 숙제, 비교…

아이들은 생각보다 훨씬 많은 압박 속에서 하루를 보냅니다. 그래서
부모님들께 꼭 드리고 싶은 말이 있습니다. '줄 세우기에서 앞서야 행
복하다'는 공식은 내려놓으셔도 됩니다.

아이들은 저마다의 속도와 방식으로 자랍니다.
부모가 "괜찮아, 네 속도로 가도 돼"라고 말해줄 때 아이들은 마음의
힘을 얻고, 그 힘이 결국 배움의 지속력을 만들어 줍니다.
조금 느긋하게, 조금 가볍게, 아이와 함께 가보셔도 괜찮습니다.

8 자녀 앞에서 부부 싸움?

Q1 육아 갈등으로 부부 싸움이 잦은데, 부부의 다툼이 아이에게
전달되는 정서적 긴장감은 얼마나 위험한가요?

A 아이들은 부모의 말보다 부모 사이의 분위기와 긴장감을 먼저
느낍니다.

아이들은 부모의 언어보다 말 사이의 공기, 표정, 목소리 톤에 훨씬
민감하게 반응합니다. 이를 전문 용어로는 '정서적 반응성'이라고 합니
다. 부부가 크게 다툴 때 아이의 뇌에서는 전쟁 상황과 유사한 수준의
스트레스 호르몬이 분비됩니다. 아이에게 부모는 세상의 전부입니다.

그 세상의 두 기둥이 흔들릴 때 아이는 단순한 불안이 아니라 '내가 안전하지 않다'는 생존의 공포를 느끼게 됩니다. 그 결과 아이는 자신의 에너지를 성장과 탐색에 쓰지 못하고, 집안의 분위기를 살피고 눈치를 보는 데 사용하게 됩니다. 싸움의 내용보다 싸움이 만들어내는 정서적 긴장감이 아이에게 더 깊은 영향을 남긴다는 사실을 기억해야 합니다.

Q2 다투더라도 관계를 해치지 않고 요령 있게 싸우는 방법이 있을까요?

A 싸움의 핵심은 상대를 바꾸는 것이 아니라 내 감정을 정확히 전달하는 겁니다.

"늘 그래", "맨날 그렇잖아" 같은 말은 대화를 여는 언어가 아니라 상대를 방어하게 만드는 공격의 언어입니다. 이런 표현이 나오면 대화는 멈추고, 변명과 반박만 남게 됩니다. 이럴 때 도움이 되는 것이 나-전달법입니다.

상대를 비난하지 않고, 상황과 그로 인해 느낀 나의 감정을 말하는 방식입니다. "왜 맨날 늦어?" 대신 "아이들을 혼자 돌보면서 많이 힘들었고, 기다리다 보니 지쳤어." 사람은 비난받을 때 마음을 닫지만, 자신의 감정을 솔직하게 고백받을 때는 오히려 사과와 이해로 반응합니다. 싸움의 목적은 이기는 것이 아니라 관계를 회복하는 것임을 잊지 말아야 합니다.

 이미 아이 앞에서 크게 싸워버렸다면, 부모가 꼭 해야 할 것이 있을까요?

A 싸움보다 중요한 것은 '어떻게 회복했는지'를 아이에게 보여주는 겁니다.

이미 벌어진 싸움 앞에서 가장 중요한 것은 후회나 자책이 아니라 의도적인 회복의 과정입니다. 아이들은 부모가 싸운 장면은 기억하지만, 화해하는 모습은 보지 못하는 경우가 많기 때문입니다. 그래서 부모는 아이 앞에서 다음 세 가지를 꼭 보여줄 필요가 있습니다.

첫째, 상황 설명하기
"엄마 아빠가 생각이 달라서 목소리가 커졌어. 네 잘못 아니야." 아이들이 느끼는 불필요한 죄책감을 먼저 걷어내야 합니다.

둘째, 화해를 보여주기
"아까 화내서 미안해." "사과 받아줘서 고마워." 화해는 설명이 아니라 장면으로 보여줘야 합니다.

셋째, 안심시키기
"우리는 여전히 서로를 존중하고, 무엇보다 너를 가장 사랑해." 이 말은 아이를 다시 안전한 정서 상태로 돌려놓는 중요한 신호가 됩니다. 갈등 자체보다 중요한 것은 회복 탄력성입니다.
다툴 수는 있지만, 다시 안전하게 돌아올 수 있다는 경험이 아이에게 주는 가장 강력한 부모 교육이 됩니다.

"비 온 뒤에 땅이 굳는다고 하지만, 그건 땅에 햇볕을 잘 쬐어 줬을 때 이야기겠죠? 오늘 퇴근길엔 '당신 왜 그래!' 대신 '당신 오늘 힘들었지?' 한마디 건네보시면 어떨까요? 그 따뜻한 공기가 우리 아이를 자라게 합니다."

9 형제자매들끼리 싸울 때 어떻게 해야 할까요?

Q1 "엄마, 쟤가 먼저 그랬어!" 누가 먼저냐를 가려야 하나요?

A 형제 싸움에서 '누가 옳은지'를 가리는 순간, 중재는 실패한 겁니다.

형제 싸움의 핵심은 사건이 아니라 감정입니다. 누가 먼저 시작했는지를 따지는 순간, 부모는 심판이 되고 아이는 피고인이 됩니다. 이때 아이가 원하는 것은 판결이 아니라 이해받고 있다는 느낌입니다. 아이들은 아직 자신의 감정을 정확히 구분하고 표현하는 능력이 충분하지 않습니다. 화, 짜증, 억울함, 서운함이 한꺼번에 섞여 행동으로 튀어나올 뿐입니다. 그래서 부모의 역할은 판단이 아니라 감정 번역입니다. 개입의 순서는 이렇습니다.

먼저 상황을 간단히 듣되, 감정이 가장 격해 있는 아이부터 이야기를 들어줍니다. 그리고 다른 아이에게는 "네 이야기도 꼭 들을 거야"라고 미리 알려주어 사랑과 관심이 줄었다는 오해를 막아야 합니다.

그다음, 이렇게 말해보세요. "각자 지금 어떤 기분인지 말해볼까?" 이 질문 하나로 아이는 자신의 감정을 객관적으로 바라보는 연습을 하게 됩니다. 부모는 심판이 아니라, 아이들이 잘 자라도록 돕는 감정 코치입니다.

Q2 "내 거야!" 소유권 싸움이 반복될 때, 똑같은 장난감을 두 개 사주는 게 정답일까요?

A 편한 해결은 갈등을 없애지만, 아이의 사회성 연습 기회도 함께 없애는 겁니다.

같은 장난감을 두 개 사주면 그 순간은 편해집니다. 하지만 그 선택은 아이에게 양보, 협상, 기다림을 배울 기회를 빼앗을 수 있습니다. 형제자매 간의 소유권 갈등은 사회에서 반드시 필요한 협상 능력을 연습하는 과정입니다. 차례를 정하고, 시간을 나누고, 방법을 찾아가는 경험 속에서 아이들은 관계를 조율하는 힘을 배웁니다. 부모가 모든 갈등을 물건으로 해결해 주면 아이들은 '갈등은 외부가 해결해 주는 것'으로 학습하게 됩니다. 장난감을 나누는 경험은 불편하지만, 그 불편함 속에서 아이는 한 단계 자랍니다.

Q3 부모가 없을 때도 형제자매가 잘 놀게 할 수 있을까요?

A 평상시 부모가 있을 때 잘 개입해 왔다면, 없을 때도 잘 놀 수 있어요. 평상시 개입을 줄여야, 없을 때도 아이들은 스스로 해결합니다.

개입을 줄이라는 말이 무관심과 방임하라는 말이 아닙니다. 부모가 싸움이 날 때마다 즉각 개입하면 아이들은 이렇게 배웁니다. "싸우면 엄마가 해결해 준다." 대신 이렇게 말해보세요. "이건 너희가 해결해볼 수 있는 문제 같아. 엄마는 여기서 지켜볼게."

이 메시지가 반복되면 아이들 안에 '우리끼리도 해볼 수 있다'는 힘이 생깁니다. 처음에는 서툴고 시간이 오래 걸리더라도 그 경험이 쌓여야 진짜 자율성이 자랍니다.

Q4 싸움 뒤에 찾아오는 서먹함, 형제자매 화해는 어떻게 도와야 할까요?

A "사과해!"는 화해가 아니라, 대화를 끝내는 말입니다. 억지로 시키는 사과는 관계를 회복시키지 못합니다.

A 진짜 화해는 감정이 먼저 풀리고, 관계가 나중에 이어지는 과정입니다.

이렇게 도와주세요.

"아까 싸우고 나서 마음이 어땠어? ~~랑 이렇게 계속 같이 안 놀고 지낼 거야? 다시 같이 놀려면 뭐가 필요할까?" 이 질문들은 아이가 자신의 감정을 돌아보고, 관계를 회복할 방법을 스스로 찾게 돕습니다. 사과는 시키는 것이 아니라, 나오게 만드는 것입니다. 형제 싸움은 문제 행동이 아니라, 아이들이 사회성을 연습하는 현장입니다.

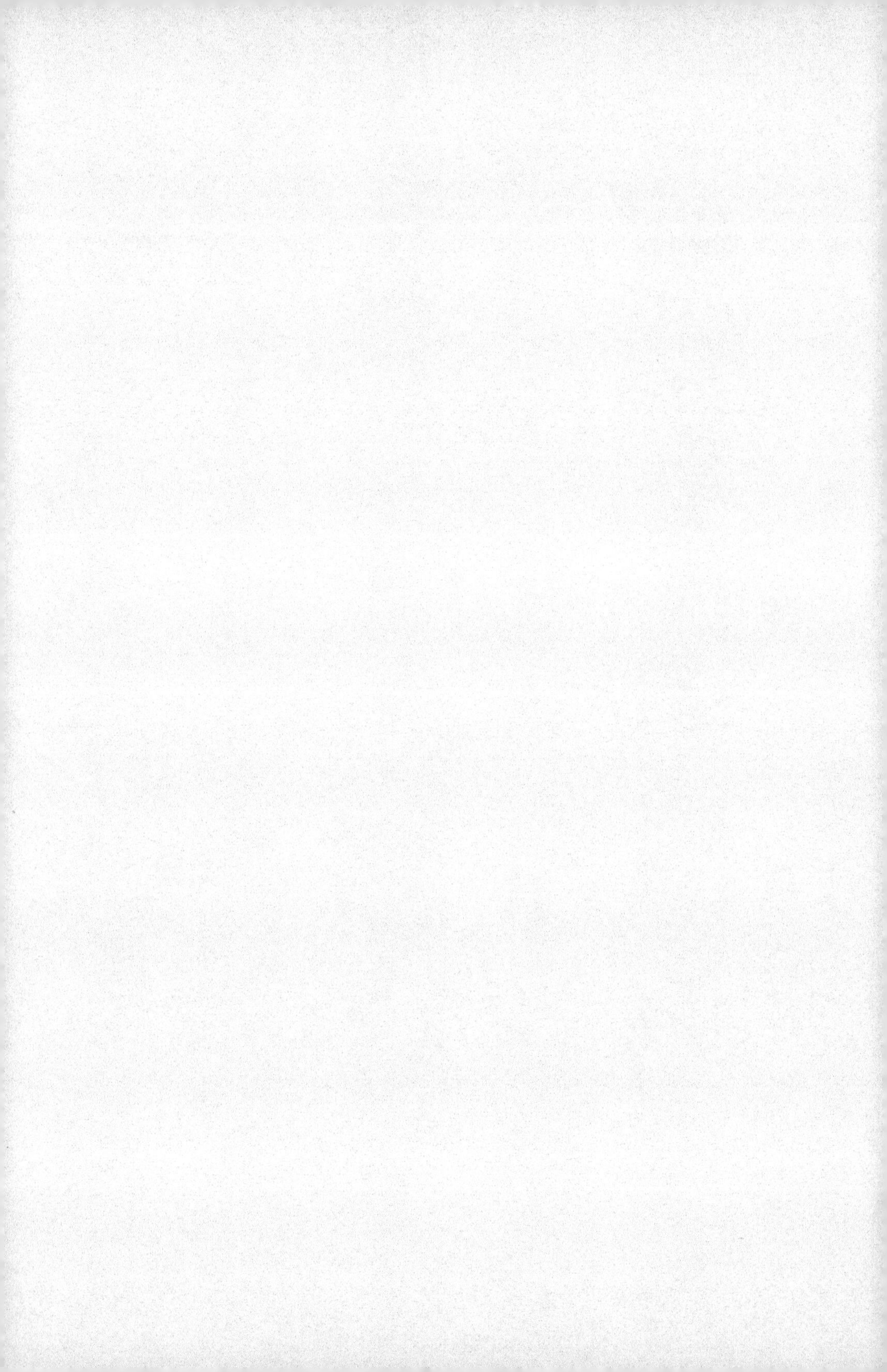